全身に広がる絶頂を、
葵はしっかりと受け止めさせられた。

（本文より抜粋）

DARIA BUNKO

双獣姦獄

西野 花

ILLUSTRATION 石田 要

ILLUSTRATION
石田 要

CONTENTS

双獣姦獄

メールボックスに届けられた報告書に目を通していくにつれ、葵《あおい》の眉間《みけん》には皺《しわ》が刻まれていった。

『――バイオ部門　バイオロイド・義体課《ぎたいか》　利益率　前年比125％』

「――」

葵はその美しい顔に不機嫌そうな色を乗せ、報告書を閉じる。知らず知らずのうちに長いため息が唇《くちびる》から漏《も》れていた。

額《ひたい》にかかる前髪をうるさそうにかき上げ、冷たい印象を与える目を細める。どこか硬質で、宝石のような瞳が無機質な文字を追う。

「――何かありましたか、副社長」

秘書である深瀬《ふかせ》が、ファイルを手にして側に立っている。

「……あの義体課がな、好調な数字を上げているそうだ。私の個人的な感情は抜きにして、結構なことじゃないか」

葵はファイルを受け取って開く。もはやオフィスはペーパーレスの時代だというのに、一部の情報は漏洩防止のためにイントラネットには上げず、紙面でやりとりされていた。

「例の、プレイロイドですか」

「そうだ。あの俗悪な、性的な目的のために使われる人形だ」

緋乃《ひの》インダストリーはバイオ技術で名を馳《は》せた一大企業であり、遺伝子やクローン技術などの研究開発を行っていた。その用途は医療はもちろん、化粧品や食品など多岐にわたる。

この時代、学校教育はスクールと呼ばれる一貫した教育機関になっていた。そこを飛び級で進学した葵は、十八歳で父が社長を務《つと》める緋乃インダストリーに入社し、二十三歳の今は副社長となっている。

葵は子供の頃から優秀で天才肌だといわれていた。入社後もその才覚を遺憾なく発揮していたが、その頃から頭を悩ませているのが、『プレイロイド』と呼ばれる存在だった。

「――――社長は？」

「おそらく、ラボにおいでかと」

「またか」

父の邦彦《くにひこ》はもともと研究畑の人間で、小さな製薬会社だったこの会社を祖父から受け継ぐと、バイオ部門を大きく拡張し、それが莫大な利益をもたらした。だが経営にはあまり関心がない父は実質的な経営を他の者に任せて、自分はもっぱら研究に没頭している。それはあの事故の後で、特に顕著になった。

「ところで、副社長」

「なんだ」

「医局から報告が来ておりますが。先週また体調を崩されたとかで」

「……ああ」

　葵はおもしろくなさそうに答える。

「いつものやつだ。薬をもらいに行っただけだ」

　忙しいせいかストレスなのか、葵は時々体調を崩す。先日は少し目眩《めまい》を覚えたのだった。だが放置していれば消耗する。そのために、いつも会社に併設されている医療施設に行っていた。検診も受けてはいるが、体質だろうと言われただけだった。その時は、薬を処方してもらった。

「そうですか。他に体調の変化などは？」

「いや、ないな」

　深瀬は葵の体調管理も仕事のうちと思っているのか、子細に問いただしてくる。その生真面目さに、思わず苦笑が漏れた。

「心配ない。今は、逆に調子がいいくらいだ」

「わかりました。社長のほうから、副社長の体調については報告するように言われておりますので」

「――――」

　葵はため息をついた。

「子供でもあるまいし」

「ご心配なのでしょう」

深瀬の言葉の外に込められた意味も、わからないではない。きっと父は父なりに葵のことを気にかけてはいるのだろう。

「――そうだな」

葵は頷《うなず》くと、おもむろにデスクから立ち上がった。

「ラボに行ってくる」

「同行いたしますか」

「いや、一人でいい」

「承知いたしました」

深瀬は品のある笑みを浮かべ、丁寧に頭を下げた。


ラボと呼ばれる研究施設は、本社の地下にある。エレベーターを降りるとクリーンルームがあり、そこを通ると部門別の扉があった。

葵は迷わず、『義体部門』の扉を副社長権限のカードキーで解錠し、中に入る。

白い壁に、薄緑色の床。そこでは白衣を着た研究者達が、日々研究開発に勤しんでいた。

「――――あ、副社長」

「社長は？」

「あちらに」

研究員が指し示したのは奥まったブースだった。葵がそこに足を踏み入れると、こちらに背を向けた父の姿が目に入る。熱心にモニターに向かっている父は、深い集中状態にあるらしかった。ぼさぼさの髪に、銀縁の眼鏡。白衣はよれよれだった。以前はもう少し身なりにも気を遣っていたのだが、六年前を境に、なりふり構わず研究に没頭するようになってしまった。

葵はそんな父を、パーテーション代わりになっている棚にもたれて見つめる。

（父さんは、逃避しているんだ。――――兄さんがいなくなった、あの時から）

自分もまた何かに逃げられたらどんなにかよかったろう。だが、葵には経営者としての役目がある。いつまでも悲しみに暮れているわけにはいかなかった。

「――――ん？」

父はようやっと葵の気配に気づいたようだった。モニターから顔を上げて、こちらを見る。

「おお、葵か、どうした」

「副社長です、社長」

「うん、今日は墓参りに行く日だったな。忘れとらんよ。葵はそのことで来たんだろう？」

葵はため息をついた。

「十三時に迎えの車が来ます。遅れないようにしてください」

「ああ、わかってる」

そう言うと父は、またモニターに向かう。かたかたとキーを叩《たた》く音がリズミカルに響いていた。

ここが、緋乃インダストリーを一大企業に押し上げた場所。

ぐるりとあたりを見回すと、透明のポッドがそこかしこに並べてあった。養液に満たされたその中には、様々な人体のパーツが浮かんでいる。

なんらかの理由で肉体の一部を欠損した人達のために使われる義体のパーツだ。もともとはそういった目的のために研究しているはずだ。

だが、ある時、父は『プレイロイド』という義体を開発する。性欲処理目的のための義体だった。全身が人工有機物で構成された肉体に緻密な人格プログラムを搭載したそれは、かなりの高額にも関わらず、瞬く間に世界中の裕福な好事家《こうずか》達に喜ばれた。

葵は、世間のためにあるべき緋乃インダストリーが、そんなセックス産業に従事しているのがどうしても納得できなかった。金持ち相手の商売ではなく、もっと他の部門の業績を伸ばし、プレイロイド開発からは手を引くべきだ。そう役員会でも主張したが、実際に着実に利益を出しているものに対して、撤退するという意見は皆無だった。

理性ではわかっている。従業員とその家族のためには、会社を富ませるのは絶対の目標だ。これは葵の個人的な感情に過ぎない。だから葵は、苦い思いをしながらも、それらが開発されていくのを黙認しているしかなかった。

父は相変わらずモニターから目を離そうとしない。ここに葵がいるのに、まるで目に入っていないようだった。

葵はそっと息をつき、その場から立ち去った。

高速道路を降りた車が、郊外へと入っていく。今にも降り出しそうな曇天だった。

「降ってきそうだな。墓参りが済むまで、持つといいが」

「ええ」

父の言葉に、葵は短く返す。やがて緑の多い地域に差しかかり、整然と区画された墓地に到着する。葵は花束を手に、車を降りた。

「葵、傘を」

「いりません」

そう言うと、父は一本だけ傘を持って葵の後に続く。白い歩道を進み、いくつかの角を曲がると、そこに楕円形の墓石があった。表面には母と、そして兄、蒼志《そうじ》の名前が記されている。

母は葵を生んですぐに病で亡くなった。それから間もなくして、父は今の研究を始めた。

そうして六年前、今度は兄の蒼志が事故で亡くなった。運転している車が、対向車線から入ってきた大型車と激突したのだ。

年に二度、葵と父は二人揃《そろ》って命日に墓参りをしている。

「もう、六年経つんだな」

ぽつりと父が漏らした言葉に、葵は応えなかった。

葵にとっては、あの日から時間が止まってしまったようなものだ。彼はちょうど、今の葵の年にこの世を去ってしまった。父は研究で忙しかったし、母親を知らない葵にとって、兄は母であり父であり、そして親友でもあった。葵の世界の中心は兄の蒼志だったのだ。

父もまた、兄を失って深い悲しみに暮れている。それを知ってはいるが、研究の内容のことを思うと、どうしても頑《かたく》なになってしまうのを止められなかった。

「私は、蒼志の研究を引き継いだんだ。何を置いてもこれを完遂《かんすい》せねば」

「……兄さんの夢は、そんなんじゃない」

葵がプレイロイド研究を忌避《きひ》している最大の理由は、それがもともとは兄の夢だったからだ。

だが彼が思い描いていたバイオロイドは、人の心の機微《きび》を理解し、恋人にもなりうるという究極のコミュニケーション能力を持つ義体だ。けっしてセックスの相手をするためではない。

「まだそんなことを言っているのか、葵」

「父さんは、兄さんの夢を汚《けが》している」

「いいや、そんなことはない」

「父さんに、兄さんの何がわかるって言うんだ！」

葵は思わず声を荒げた。

俺は、ずっと兄さんを見てきた。兄さんだけを。それなのに――――。

「葵」

父の声に、葵ははっとなった。感情的になってしまったのでばつが悪い。気まずい沈黙が流れる中、ふいにぽつりと、空から水滴が落ちてきた。それは葵の白い頬《ほほ》や、肩を濡らしていく。

「……車に戻ります」

ふらりと歩き出した葵の後ろから、傘が差し出される。

「差しなさい」

「いりま――――」

「いいから。私は先に車に戻っているぞ」

父は葵の手に傘を押しつけ、自分は小走りに戻っていった。その場には、父の傘を持った葵が一人、ぽつねんと取り残される。まるで積み木のように規則正しく並べられた墓標の前を、青や白の花が彩《いろど》っていた。

傘の中の葵の頬を、一筋の雫《しずく》が伝っていった。

あれは葵が十四歳の頃だった。その当時すでに飛び級していた葵は、十六歳のクラスに入って勉強していた。

そこで葵は、同じクラスの男子から、しつこい付き纏《まと》いを受けてしまう。整った顔に細い肢体を持っていた葵は、どうやらその男子に性愛の相手として興味を持たれてしまったらしい。

連絡先を聞かれて断ると、今度は外出の誘いを何度もかけてくる。教室でも何度も声をかけられ、業を煮やした葵は、ついにはその男子を皆の前で罵倒してしまった。

「――気持ち悪い。迷惑だ。二度と近寄らないでくれ。改善されない場合は、しかるべきところに通報する」

これだけはっきりと拒絶したならば、いい加減諦めるはずだ。その時の男子のひどくショックを受けたような、悄然《しょうぜん》とした表情を見て、葵は確信したのだ。

だが、いくら勉強ができようとも、葵はまだ十四歳の子供であり、同性といえども年頃の男子の心情には疎《うと》かった。

ある日、家への帰り道で、葵はその男子に物陰に引きずり込まれ、あわや強姦《ごうかん》寸前のことをされかけた。間一髪の場面を救ってくれたのが、兄の蒼志だったのだ。

「大丈夫だよ。葵。お前は何もされてない」

泥と擦《す》り傷だらけになって啜《すす》り泣く葵を毛布にくるんで、蒼志は優しく抱き締めてくれる。

「怖かったんだね。性欲は、時にひどく暴力的なものになる。誰でも持っているものだけに、扱いには慎重にならないといけない」

「……っ、兄さん、も……？」

しゃくり上げながら、葵は兄に問うた。この優しい兄が、あんな粗暴なことをする男子と同じものを持っているだなんて、到底思えない。

「そうだね。俺も同じ欲を持っているよ」

「嘘《うそ》だ」

そう言ってまた涙を流すと、蒼志はひどく困ったような顔をした。

「あんなこと、嫌いだ。もうしたくない」

生ぬるい肌の感触と、蛞蝓《なめくじ》が這《は》うような唇の感触。それを思い出すと、総毛立った。

「気持ち悪い」

「葵」

蒼志の苦しそうな声が聞こえる。そうして、ふいに顔を上げさせられたと思うと、葵の唇に、彼のそれが重なっていた。

「――――」

優しく唇を吸われ、何度も啄《ついば》まれる。蒼志は葵の反応を確かめながら、角度を変えて何度もそれを繰り返した。葵の身体から、次第に力が抜けていく。

「……っ」

はあ、と唇から甘い吐息が漏れる。これは、なんだろう。なんだかすごく気持ちがいい。

「……嫌だった?」

ためらいがちに聞かれ、葵は首を横に振った。唇に指先を当て、うっとりとした瞳で蒼志を見上げる。

「なんか、変な感じがした……」

もっとして欲しいような気がした。あの男子がした行為とは、まるで違う。兄さんだからだろうか。

「……そう」

蒼志の喉《のど》が上下した。彼は震える手で、葵の肩から毛布を滑り落とす。

「それじゃ、これは――……?」

葵の首筋に、蒼志の唇が降りていった。

「…………っ」

急激に意識が浮上して、葵は息を呑《の》んで覚醒した。

（夢……？）

暗い寝室で、葵は一人ベッドの上に横たわっている。時計を見ると、暗い中でも浮かび上がる文字盤が、午前二時を指していた。

はあっ、と熱い息が唇から漏れる。身体の芯が、妙に熱く火照《ほて》っていた。

（墓参りに行った日なのに、こんな）

蒼志の夢を見て、肉体が欲情していることを葵は自覚する。

夢の内容は、かつて自分達の間で起こったことだった。葵は蒼志に道ならぬ想いを抱き、蒼志も葵を愛してくれた。

人には決して言えない行為。けれど、あの時間は葵にとって、何ものにも変えられない宝だった。

「……ん」

葵の手が、寝間着のボタンを外していく。そっと手を差し入れると、肌は熱く火照っていた。肌をまさぐり、胸の突起を探り当てると、それはぷつんと勃《た》ち上がって硬い感触を返す。葵は乳首を指先で捕らえ、くりくりと転がしてみた。

「……ああっ…」

暗闇の中に響く、濡《ぬ》れた声。

兄が死んだあたりから、葵の肉体は時々こうして淫《みだ》らに火照ってしまうことがあった。我慢しようとしてもどうにもならず、自分で慰めるしかない。

もう片方の手が下肢へと伸び、寝間着の中へと忍び込んでいった。下着の中でそれは張りつめ、掌《てのひら》で握るとじん、とした快感を返す。

「ん、ふっ…あ」

自分でしていてもひどく気持ちがよくて、葵は下半身の寝間着をもどかしげに脱ぎ捨てた。おずおずと立てた両脚を開き、暗闇の中に恥部を曝《さら》け出す。すでにそそり立っていたものに指を絡め、覚えのある手つきを真似して扱《しご》き出した。

「あっ、あっ、ふあっ…あっ、兄さ……んっ」

快楽に喘《あえ》ぎながら、今はもういないヒトを呼ぶ。あの時、秘密を抱きながら彼と共有した快楽と罪の記憶が葵を昂《たか》ぶらせる。

股間《こかん》のものは今や先端から蜜を溢《あふ》れさせ、擦《こす》り上げる度にくちゅくちゅという音を立てた。指先で転がしている乳首は、痛いほどにじんじんと疼《うず》いている。

兄を偲《しの》んで生きていかねばならないのに、葵は今も性欲に囚《とら》われ続けているのだ。

――軽蔑すべきは、俺だ。

性のためのプレイロイドを蔑《さげす》んでいるのは、自らを蔑んでいるからだ。

わかっているのに、腰の震えが止まらない。

「あ、はぁあ…っ、いっ、いく、イく――……っ」

ぐうっ、と背中を仰《の》け反《ぞ》らせ、暗闇の中であられもない声を上げながら、葵は達してしまった。掌の中に自身の白蜜がたっぷりと吐き出される。

「は……っ、はあ」

くらくらとする思考の中で、葵は濡れたその手を後ろへと持っていった。白蜜にまみれた指で、双丘の奥にある窄《すぼ》まりをまさぐる。くちゅり、と音がして、細い指が後孔へと呑み込まれていった。

「あんん…っんっ」

葵はシーツの上で、今やほとんど肌を晒《さら》して身悶《みもだ》える。暗闇の中にぼうっと浮かび上がる白い身体は、それからもしばらくの間自分の身を慰めていた。

激しい自慰をしてしまった翌日は、ひどい罪悪感に駆られる。おまけに睡眠不足でもあり、葵はひどい気分のままオフィスで機械的に仕事を片付けていった。そうして午後の一番眠い時間、奇《く》しくも葵の眠気を一度で吹き飛ばしてしまうような報告が飛び込んできた。

「――――プレイロイドが事故⁉」

「はい、例の『BEAST《ビースト》』だそうです」

「……あれか」

葵は一気に渋い顔になった。

プレイロイド、タイプBEAST。獣《けだもの》の名を持つそれは、一際《ひときわ》過激な個体だった。相手に快楽を与えることに特化したそれは、時に所有者を『壊して』しまう。だがそれほどの快楽を味わってみたいという物好きは少なくもなく、何かあっても一切の責任を問わないという契約の上でBEASTを売っていた。

「それで、その個体は？」

「二体ともすでに回収・凍結済みです」

「……二体？」

葵が怪訝《けげん》に思って聞くと、深瀬もやや呆《あき》れたような顔で肩を竦《すく》める。

「はあ……、二体を一度に相手にしたらしく、なんでも心臓発作だとか……」

「救いようがないな」

だが、事故を起こしたのは自社の製品だ。いくらこちらに責を負わせないという契約をしているといっても、人道にもとる。

社長に会ってくる、と言って、葵は立ち上がった。


「うん？　どうした、葵」

父は回収されたという『ＢＥＡＳＴ』が収容されているポッドの前で、端末に送られてくる生体データを綿密にチェックしていた。

「それが事故を起こしたという個体ですか」

葵は二つのポッドを、忌々《いまいま》しそうに眺める。ここからではどんな個体が収容されているのかは見えないが、今は意識レベルを落とされ、眠っている状態なのだろう。

「ああ、そうだ。まったく、取り扱いは慎重にしないといけないのにな」

まるで責任を感じていないような父の言い方に、葵は思わず憤る。

「ユーザーに危害を加えたんですよ」

「危害とは人聞きが悪いな。持ち主が夢中になりすぎて勝手に身を持ち崩しただけだよ。酒と一緒だ。過剰に摂取すれば身体に悪影響を及ぼす」

それを聞き、葵はますます嫌そうに眉根《まゆね》を寄せた。

「……タイプBEASTは危険です。処分すべきです」

「プレイロイドといえどもひとつの命だよ。機械ではない。意にそまぬといって処分するのはどうかね」

「他のタイプならともかく、BEASTの事故件数はすでに四件ですよ」

「どこの世界にも危険とスリルを求める者はいてな、こういった『事故物件』だと、むしろ試してみたいという輩《やから》が高額で求めてくる」

「我が社のイメージに傷がつきます！」

「――――プレイロイドは蒼志の夢だよ。それを潰《つぶ》せというのかね」

父がふいに鋭い舌鋒《ぜっぽう》で葵を突いてくる。その言葉に、思わず黙り込んでしまった。

――――あの日、葵と蒼志は、互いの気持ちを知ってしまい、世間から隠れるように口づけを交わし合った。

蒼志が性処理用のプレイロイドの開発を始めたのは、それからだった。葵と同じように飛び級をしていた彼は、緋乃インダストリーに入社後、プロジェクトを組み、積極的な開発に携わることになる。

「――他に用がないのなら、出ていきなさい。研究の邪魔だ」

葵は結局何も言い返せないまま、ラボを追い出されてしまった。


その夜、研究員が全員帰ったのを勤務管理の端末で確かめた後、葵はラボに忍び込んだ。いつも最後に退出する父の姿もない。

葵は調整ポッドに入った二体のプレイロイドに近づくと、特殊樹脂に覆われたケースの上から覗《のぞ》き込んだ。実際にまじまじと見るのは初めてだった。

ポッドの中で、裸のBEASTが目を閉じている。バイタルを管理している機械が、ピッピッと小さな電子音を立てていた。

右側のポッドには、三十代前半くらいの外見の男が横たわっていた。均整のとれた、逞《たくま》しい肉体を持っている。意志の強そうな眉と、彫りの深い顔立ち。やや長めの髪は、まるで肉食獣のたてがみを思わせた。左腕に『B‐01』という個体ナンバーが刻印されていた。

左側のポッドにいたのは、葵と同じくらいの年頃に見える男だ。こちらは顔立ちがずいぶんと甘く、女性が熱狂しそうなアイドルスターのような容姿をしている。右側の個体よりはやや細身だが、鞭《むち》のようにしなやかな筋肉を持つ身体つきだった。こちらは腰骨のあたりに『B－02』と入れられていた。

――――これがBEAST……。

今回事故を起こしたユーザーは女性だと聞いたが、彼らは男でも女でも抱くそうだ。それとは逆に抱かれるためのプレイロイドも存在し、そちらは現在調整開発中と聞いている。

(兄さんはどうして、こんなものを熱心に開発していたんだろう)

蒼志は父と似ていて、研究職に向いていた人間だった。緋乃インダストリーに入ってからというもの、研究に没頭し、葵と過ごす時間も少なくなっていた。

(――――こんなものに)

そんなふうに考えて、葵は目を閉じた。自社のイメージだなんだと言ってはいるが、自分から兄を奪ったプレイロイドに、葵は嫉妬《しっと》していたのかもしれない。まるで浅はかな女のようだと思った。自己嫌悪に、唇を噛む。

プレイロイドにも、人格や感情があるという。だとしたら、こんなふうに人間に管理され、束縛されてどのように思っているのだろう。

これまで考えてもみなかった想いに囚われて、葵はそっと手を伸ばし、ポッドの表面に掌を置いた。

「――――指紋認証、確認」

突然合成音声が流れて、ポッドの上部についたランプが灯《とも》る。驚いた葵は、一歩退き、背後にあったもうひとつのポッドに手をついてしまった。

「――指紋認証、確認」

こちらにも続けて音声が流れ、同じようにランプが灯る。

「――な……？」

何が起こっているのか、葵にはわからなかった。

「タイプＢＥＡＳＴ、Ｂ－01及びＢ－02、覚醒開始」

ポッドの側面についているコンソールが、自動操作とおぼしき点滅を繰り返した。

（まさか――目を覚ます⁉）

プレイロイドは凍結されている。それはこんなふうに、少し触ってしまったからといって動き出すものではない。いくつものシークェンスを重ねて覚醒するものだ。

そうこうしているうちに、ポッドの蓋《ふた》が開く。眠っていたＢＥＡＳＴがゆっくりと目を開け、そして起き上がった。

「あ――」

彼らは緑色の瞳をしている。その目が、四つとも葵を捉《とら》えた。二体――いや、二人のＢＥＡＳＴがポッドを出て床に降り立ち、葵に向き直る。

「初めまして、新しいマスター」

二人の獣《ビースト》が笑う。葵の意識は、そこで途切れた。

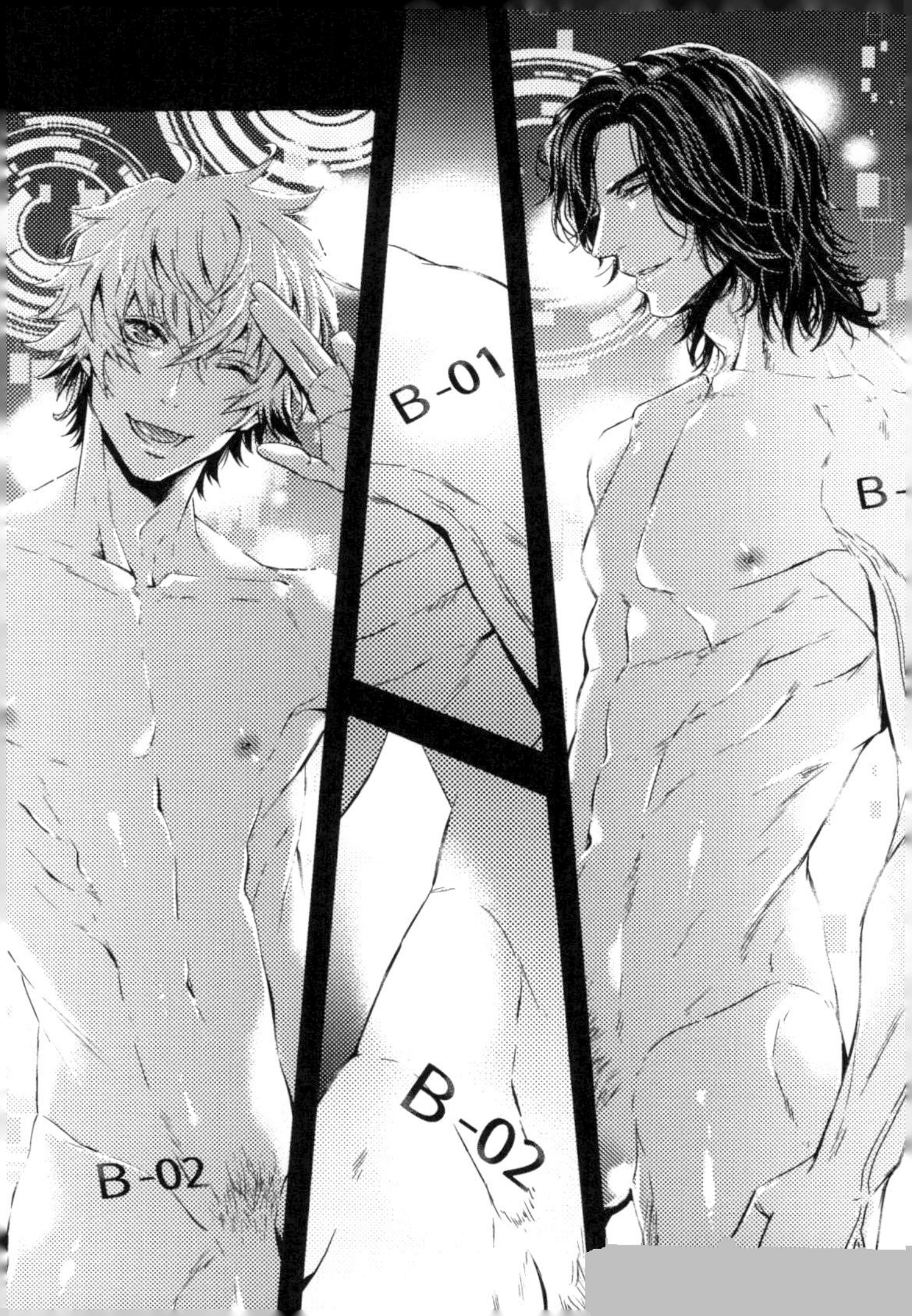
B-01
B-02
B-02

「――俺達、どうして兄弟に生まれてしまったんだろう」

蒼志の腕の中で、葵はぽつりと呟《つぶや》いた。

「俺が兄貴じゃ嫌？」

「そうじゃなくて！」

葵は顔を上げ、そうして次に蒼志の胸に再び顔を埋めた。

「だって、いけないことなのに――兄さんを好きになったら、いけないのに」

誰かに知られたら、引き離されてしまうかもしれない。そう訴えると、蒼志は葵の髪を優しく撫《な》でた。

「そうかもしれないね」

「父さんだって、知ったら怒るよ」

「うん」

怒るかもな、と彼は言った。兄はどうして、そんなに落ち着いているのだろう。

「でも俺は、怒られてもいいと思っている」

「え？」

「誰かに知られて引き離されそうになったら、俺はお前を連れて逃げるよ」

「……兄さん」

「それとも、葵は俺と来るのは嫌か？」

「――嫌じゃない！」

葵が蒼志の首に縋《すが》りつくと、彼はきつく抱き締めてきた。

「世界がなんて言ったって、俺は葵を離すつもりはないよ。……たとえ、葵が嫌だって言っても」

その時の気持ちをなんていったらいいのだろう。たとえこの先、ひとつもいいことがなくなっても、その時の嬉しい気持ちだけで生きていけると思った。

兄が側にいてくれるのなら。

「うん――ずっと離さないでいて欲しい」

たとえ何があっても。

人目を忍び睦《むつ》み合いながら、葵は兄の腕の中で目を閉じた。

兄の夢を見た後は、見慣れた寝室の天井が目に入る。それがいつものことだった。

「…………」

違う。この天井は、俺の部屋じゃない。

葵の寝室はもっと無機質で、そっけない白い天井だ。それなのに今、目に入っている部屋は、優しい木目の天井と壁になっている。

いったいここはどこだ――。いや、そもそも、何があった？

葵はどうにかして記憶を探ろうとした。確か、深夜にラボに入って、BEASTを見て、それから――。

その時、ふいに部屋のドアが開いたので、葵は驚いて起き上がった。

「あ、気がついた？」

人懐っこい青年がにこにこと笑いながら部屋に入ってくる。その姿を見て、葵は思わず息を呑んだ。BEASTだ。あの時、ラボで凍結されていたはずの――。

「初めまして、よろしくマスター。俺はタイプBEAST　B－02。個体名は薫《かおる》。これからよろしくね」

「これから…って」

その時、葵はすべてを思い出した。そうだ。あの時、ポッドに触れただけで勝手にBEASTが覚醒し、彼らが起きたところで意識を失った。

「ここはどこだ。いったい、俺に何をした」

葵はスーツの上着を脱がされ、ネクタイを外されて寝かされていた。シャツの首元が緩められている。

「それに……、マスターだと？　俺はお前達の主人になったつもりはない」

「それについては、俺から説明する」

部屋にもう一人のBEASTが入ってきた。あの時、右側のポッドに入っていた奴だ。

「俺はB－01。個体名は天牙《てんが》だ」

天牙と名乗ったBEASTは葵を見下ろすように見つめる。二人とも、どこから調達したのか衣服を着用していた。薫は今時の若者が好むようなラフなデニムとパーカーで、天牙のほうはレザーのボトムにブーツ、それと黒いシャツを身につけていた。

「俺達には開発者である緋乃邦彦博士から最優先コマンドが与えられている。緋乃葵をマスターとし、ここにとどめ、性交を繰り返せと」

「な……に？」

一瞬、言葉の意味がよくわからなかった。

父が何故《なぜ》、そんな命令を与えるのか。

「なんでも、マスターは俺達のことよく知らないから、仲良くしてこいってことみたい」

薫が葵の座るベッドに両肘《りょうひじ》をつき、にやにやと笑いかけてくる。恐ろしく人間くさい表情だった。彼らは本当に、つくりものなのか。

「――ふざけるな！　そんな命令聞けるか！　マスターなんて呼ぶな！」

葵はベッドから飛び下り、部屋を出ようとした。

ありえない。ここがどこかは知らないが、こんなところにいる筋合いはない。帰って父に問いただしてやる。いったいこれはなんの茶番なのかと。

だが、葵の手がドアにかかる寸前で、天牙に腕を捕らえられる。彼はいとも簡単に葵をドアに押しつけ、獣のような犬歯を見せてにやりと笑った。

「マスターと呼ばれるのが嫌なら、名前で呼ぼうか、葵」

「――……っ、離……っ！」

彼の力は想像以上で、まったく歯が立たなかった。BEASTの運動性能は、人間以上なのか。

BEASTには感情と自立した意思があるという。それもまた彼らが『危険』とされる理由だった。葵は本能的な恐怖が襲ってくるのを感じた。けれど、それとともに、何か覚えのある衝動が湧《わ》き上がってくる。

（なんだ？　こんな――ありえない）

葵はその衝動を知っていた。それは、興奮という。

これは彼らがやっていることなのだろうか。ＢＥＡＳＴには、人間を発情させる能力があると？　それとも、これは、葵自身の。

（ちがうちがう――俺じゃない。これは、こいつらの）

「そら」

「あっ！」

天牙が葵をベッドのほうに軽く放ると、そこにいた薫に抱き留められた。

「捕まえた」

薫の膂力《りょりょく》も、天牙と同じように強い。葵はなす術《すべ》もなくさっきまで横たわっていたベッドに押さえつけられた。

「綺麗だね、葵は――。それに、すごく可愛い」

「やめろっ！」

衣服を器用に脱がされる行為に抗《あらが》いながら、葵は強く拒絶した。十四の時に心無い暴力に遭ってから、葵は他人と触れ合うことを拒絶して生きてきた。触れていいのは兄だけだった。冷たく取り澄まし、社内では陰で「氷の花」などと呼ばれていることも知っている。

そんな葵を可愛いなどと言う者は、もうこの世にはいない。

「無駄だ。お前はちゃんと男を欲しがっている。俺達にはそれがわかる」

天牙まで加わってしまうと、葵は更に追いつめられた。あっという間に裸に剥《む》かれ、無防備に転がされる。裸にされた心許なさと、羞恥《しゅうち》が葵を襲った。

「い、――――ンっ！」

嫌だ、という途中で、天牙に口を塞《ふさ》がれる。歯列を割って強引に侵入してきた舌は熱く、ヒトのものとなんら変わりなかった。その舌が敏感な口内を、ねっとりと舐《な》め回してくる。

「ふ、あ――――、んぅ」

その見かけに反して、天牙の舌の動きは繊細だった。舌の裏をちろちろと舐められると、腰のあたりがぞくぞくする。そうしてちゅるっと舌を捕らえられ、強く弱く吸われてしまうと、頭の中に白く靄《もや》がかかった。

「んっ……は」

ようやっと口づけから解放された時には、葵の頬は上気し、目元がうっすらと朱《あか》く染まっていた。互いの舌が唾液の糸で繋《つな》がっている。

「俺達の体液って、人間には媚薬《びやく》みたいな作用があるらしいんだよね。もうたまんなくなってるだろ？　――ほら、俺ともキスして？」

「んっ、アっ…んっ」

今度は薫に顎《あご》を捕らえられ、また深く口づけられた。舌根を痛いほどに吸われると、腰の奥がきゅうっ、と引き攣《つ》れるように疼く。

「ん…あっ」

薫に口を吸われている最中に、天牙は舌を耳の中に挿《い》れてきた。ちゅくちゅくと耳の中を犯されて、背筋にはっきりとした快感が走る。あまりに昂ぶってしまって、目尻に涙が滲《にじ》んだ。

「もう涙を浮かべて……。敏感だな」

「こんなんで俺達に抱かれて大丈夫かな。いきなり壊さないようにしないと」

うなじをちろちろと舐め、薫がくすくすと笑いながら言う。その言葉に、恍惚《こうこつ》となりかかっていた葵の頭に急に恐怖が走った。

「い、嫌だっ……、壊れたく、ないっ」

「大丈夫だ。お前なら、俺達にどこまでも付き合うことができる」

「そうそう」

それはいったいどういう意味なのか。自分がどこまでも卑猥《ひわい》な存在だと言われているようにも思えて、葵は唇を噛んだ。

「これから、股《また》が乾く間もないほどにたっぷりと感じさせてやる――――。楽しみにしていろ」

天牙のあまりに卑猥な煽《あお》りに、葵はただ身を震わせるしかなかった。

「あっ――――はっ――――、あぁああ」

部屋の中に、葵の濡れた喘ぎが響く。それは少しもやむことがなく、葵がひっきりなしの快楽に責められていることを示していた。

服を脱ぎ捨てた天牙と薫がそれぞれ葵の左右に陣取り、舌と指でその身体を思うさま愛撫《あいぶ》している。

腋《わき》や脇腹を舌先で舐め上げられ、乳首もまた唇で吸い上げられたり、指先で転がされたりしていた。兄にもされたことのないいやらしい愛撫に、背中が何度も浮き上がる。

両腕は頭上で一纏《ひとまと》めにされて押さえつけられていたが、もう葵の身体からは抵抗する力がすっかり抜け落ちていた。

「ああ……あぅうんっ」

敏感すぎる腋下の柔らかい皮膚を両側からしゃぶられ、たまらないくすぐったさに身悶える。

「あっやっだめっ、それだめっ……！」

「ふふ…、くすぐったい？」

「今にそれが気持ちよくなる」

ちゅ、ちゅっ、と音を立てて啄まれたと思うと、舌全体を使って何度も舐められる。葵は異様な感覚に浮かした背中をぶるぶると震わせた。

胸の上の突起は刺激と興奮に硬く尖《とが》っていて、それを指先で転がされたり、押し潰されたりされて、じくじくとした快感が胸から身体中へと広がっていく。そうして、腋を責めていた天牙と薫が思い思いに乳首に吸いつき、舌先で転がされてしまい、葵はその度に悲鳴を上げさせられた。

「感じるだろう」

耳元で囁《ささや》く天牙の甘い声に思わず頷きそうになるも、葵は必死で首を横に振る。力ではもうどうしようもないなら、せめて拒絶することでしか抗う術がないではないか。

「がんばるな」

「こんなによがってちゃ、意味ないけどね」

「だ…っだれ、がっ」

葵の理性が、もう限界だと訴えている。こんな事故物件のＢＥＡＳＴに、葵がセックスで敵《かな》うわけがないのだ。

まるで猛獣に内臓を貪《むさぼ》られる草食の獣のように、彼らの舌と唇が葵の身体を這う。

「あ、はっ、ああっ……」

その時、膝《ひざ》の裏に手をかけられ、両脚をぐい、と大きく開かされた。

「！」

「すっごい、やらしい」

股間を覗き込み、薫が感心したように言う。

葵のそれは、もうぎりぎりまで張りつめて、苦しそうにそそり立っていた。先端は濡れそぼって、透明な愛液を零している。彼らはわざとなのか、これまでそこには触れないでいた。

天牙はそのさまを眺めると、口元に意地の悪い笑みを浮かべながら囁く。

「葵、お前……、これまで相当、自分でしていたろう」

「っ」

兄を想って火照る身体を幾度となく慰めていたことを、天牙は見抜いたようだった。

「へえ、葵ってオナニー狂いだったんだ」

「や…やめろ」

あまりの羞恥に、身体がどこかへ飛んでいきそうな感覚がする。

「乳首も、性器も……それから後ろも、自分で可愛がっていたな?」

「な……なんで、そんなこと」

「匂いがするんだよ。どれだけ発情しているのかも。処女のくせに、いやらしいね」

彼らには、葵がこれまでどんな性体験をしてきたのか、わかってしまうようだった。まるで自慰の場面を見られてしまったようないたたまれなさに、葵のなけなしの意地が崩れそうになる。

「自分の口で言ってみろ。どれだけいやらしいことをしてきたのかを」

「ああっ」

天牙の手に自身を握られ、根元から擦り上げられた。腰骨が灼《や》けるような快感にたまらず身をくねらせて喘ぐが、葵が気をやりそうになると、愛撫の手がふいに止まる。

「んう、あ……ああっ！」

「俺はこっち」

薫の指が後孔の肉環をこじ開け、中へ這入《はい》ってきた。しかしその指は浅い場所を捏《こ》ねるばかりで、それ以上奥へは来てくれない。寸止めと遠回しな愛撫を繰り返し与えられ、葵はとうとう泣き出してしまった。だが彼らは優しくキスをしてきたり、宥《なだ》めるように内股《うちもも》を撫でたりするばかりだ。

「ちゃんと言えたら、ご褒美をやる。死ぬほど気持ちのいいやつだ」

「あっ…あっ…あっ」

天牙の指先は、今は濡れそぼつ先端をそうっと撫で回している。じわじわとした、決して決定的な刺激にならない愛撫を延々と与えられて、葵の啜り泣きが涕泣《ていきゅう》に変わった。

「ああ――――っ」

もう我慢できない。この焦《じ》れったさから逃れられるのならば、なんでもしたかった。

「っ、じ、ぶんで…、してたっ、だから、もう…っ」

「だめだめ。もっと雰囲気出して、やらしく言ってよ。エロマンガみたいに」

そんなものは目にしたことがないので、どうしたらいいのかわからない。それでも葵は興奮のままに、卑猥な言葉を口走った。

「オナニー、してました……っ、自分で、気持ちいいところ、触ってっ…、何回も、イきました……っ」

甘い屈辱が葵を支配する。屈服させられて、悔しいのに、何かが解き放たれたような感覚があった。泣きじゃくる葵に、彼らは交互に優しく口づけてくる。

「――いい子だ。よく言えたな」

「じゃあサービスタイムだね」

その瞬間、後孔のごく入り口にいた薫の指が、ずずっ、と奥まで這入ってきた。続いてもう一本挿入されて、巧みな指戯で葵の肉洞を可愛がる。

「んっ、んんん――っ」

欲しがっていた奥にもらえて、細い腰が痙攣《けいれん》した。中を探るように動く薫の指をきつく締めつける。そして続いての責めが来た。濡れてそそり立つ前のものを、天牙の指に緩急をつけながら擦られて、膝ががくがくと震えてしまう。

「ああっ、はああっ、んあぁ――…」

頭が焦《こ》げつきそうな快感だった。これまでしてきた自慰とは比べものにならない。彼らは葵が自分でも知らなかった性感帯を見つけて、一番気持ちのいいやり方でじっくりと責めてくる。

「あああっ、イくっ、いっ、あああっ」

天牙の手の中で葵のものが精を弾けさせた。刺激が強すぎる絶頂に泣き声が上がる。

「自分でするよりもずっと気持ちいいだろう？」

葵が達しても、彼らは愛撫をやめてくれなかった。巧みな指で感じるところをねぶられ、扱かれて、捏ねられてくすぐられて、それなのに乳首も舌で転がされて、何度も何度も極めさせられる。

「あっ――――はっ……、ん、んんう、くあぁぁ…っ、あ、イく、またイく……っ！」

絶頂を迎える度に腰が浮き上がり、淫らに震えた。もう身体が破裂しそうだった。

「どこが一番気持ちいい？」

「わ、からな……っ、ぜんぶ、ぜんぶ……っ」

身体中を愛撫されて、もうどこでイっているのか自分でもわからない。

「さっきから三回は射精しているな」

「後ろでも、同じくらいイっているみたいなんだよね」

「それなら、とりあえず合わせて十回ほどイってもらうか」

「や、やだ、ああ、ああ……っ」

そんなにされたら、おかしくなってしまう。彼らはこうして、持ち主の多くを快楽の地獄に突き落としてきたのだろうか。確かに、こんな快感を与えられてしまったら、正気でいることは難しい。

「あ…ああ、うう…く、くる、し…っ」

快感も過ぎれば苦痛になるのだと、初めて知った。甘い苦悶《くもん》に泣きながら喘いでいると、薫が濡れた頬を宥めるように舐めてくる。

「大丈夫。それを過ぎれば、もっと気持ちよくなるよ。がんばろうね」

「あぁぁあ」

奥で二本の指が、小刻みにくちゅくちゅと動いた。腰が抜けそうな快楽に頭の中が白く濁る。

「また後ろでイったね」

「今度はこっちだ。ほら、一番気持ちのいいところにいくぞ」

まだ絶頂の波が収まっていないのに、天牙の指の腹が剥き出しにされた先端をぬるぬると擦ってきた。力などもう入らないのに、がくん、と腰が跳ねる。

「あっ、ひっ、ひぃい……っ、――――…っ」

白蜜を吐き出す蜜口が、苦しそうにぱくぱくと収縮した。それなのに天牙は容赦もせず、その小さな孔を指先で穿《ほじ》るように刺激してくるのだ。

「ああ、ああ――――…っ」

涙と体液に濡れた葵の肢体が、シーツの上でひくひくと痙攣する。

「し…ぬ、しんじゃ……っ」

「大丈夫だ。俺達も、もう加減はだいぶ覚えた」

「壊れる寸前のラインかあ。まあ、普通ではいられないけどね」

男なしではいられなくなる。まるで悪魔のように囁かれて、葵は否応なく底なしの肉欲に引きずり込まれるのを知った。


「……は、はあ……っ、はあ」

痺《しび》れきった身体が、シーツの上に俯《うつぶ》せに横たえられる。あれだけイかされ、泣かされたというのに、まだ彼らはこの身に挿入を果たしていない。

「さて、泣くのはこれからだぞ」

後ろから天牙に腰をぐい、と持ち上げられた。恐る恐る振り返ると、そこには見事に上を向いた彼の男根が聳《そび》え立っている。まさに凶器といえるような猛々《たけだけ》しい威容。それは、抱かれる者を狂わせるために造られたものだ。

「い、や…、いやだ」

そんなものを挿れられたら、本当にどうなってしまうのかわからない。本能的な怯《おび》えが葵の身体に走るが、それと共にこれから自分を犯すものを待ち焦がれるような、そんな疼きが肉体の奥にあった。

「よしよし、大丈夫だよ」

薫がそんな葵の上体を前から抱き上げ、抱き締めて優しくキスをする。

「気持ちよすぎて理性飛んじゃうかもしれないけど」

「覚悟してろよ。さあ、いくぞ」

「あ、あ！」

さんざん蕩《とろ》かされた後孔の入り口に天牙の凶器の先端が押し当てられ、ずぶりと音を立てて呑み込まされた。

「うあぁ――――」

肉環をこじ開けられる感覚に、背中がぞくぞくと粟立《あわだ》つ。長大なそれを葵の肉洞は嬉しそうに咥《くわ》え込んでいき、凶悪な形をじっくりと味わった。

「いい孔だ。素直で、欲張りで、絡みついてくる――――」

背後で天牙の熱く上擦ったような声が聞こえた。彼らも快楽や興奮を得ているのだろうか。

天牙のものが容赦なく奥へと挿入されていき、指では届かない場所を深く突かれた。

「あああぁ、い、いぃ、いい」

その瞬間に思考が飛んでしまい、はしたない言葉が勝手に葵の口から漏れる。双丘に指が食い込むばかりに強く掴《つか》まれ、力強い抽挿が始まると、身体が火達磨《ひだるま》になるのではないかと思うほどに熱くなった。肌から汗が噴き出す。

「あぁ――――あっ、あっ、うああっ、ひ――――…っ」

灼けるように熱いものがどくどくと脈打ちながら葵の肉洞をかき回し、擦り上げてくる。下腹がカアッと熱くなり、襲い来る快感にどう耐えていいのかわからない。

「どうだ、俺のモノは――――、堪《こら》えられないだろう」

「あぁあっ、ひっ、……がまん、できない、……きもちいいの、我慢できなぃ……っ」

一突きごとに、頭の中がかき乱されるような快楽に侵される。体内を押し上げられ、貫かれる衝撃は葵の理性を粉々に壊した。だが、受け止められる感覚には許容量がある。今の刺激は、それを軽く超えているのだ。

「いいんだよ。我慢しなくて」

「んあぁあっ」

挿入での快感だけで死にそうになっているのに、薫がその場にそぐわぬ呑気《のんき》な口調で葵の前のものに指を絡めた。

「もっと泣いて、喚《わめ》いちゃってもいいんだよ。俺達はそのためにいるんだから」

くちゅくちゅと音を立てながら、薫の指が葵のものを根元から扱き上げてくる。本当におかしくなりそうだった。

「ふぁあっ、アっ、う、後ろと、前、一緒なの、だめぇぇ……っ」

「何言ってるんだ？　これからずっとそうされるんだぞ。お前は俺達に、身体中の感じるところを一度に虐《いじ》められて、もうセックスのことしか考えられないようになるんだ」

「あぁぁっ」

背後から天牙に淫らに囁かれて、葵の背に興奮が走る。

子供の頃から優秀だ天才だと褒めそやされ、年若くして副社長を務めた自分が、理性が飛んだように快楽に溺《おぼ》れて淫獣のごとくよがり泣く。

「普通のセックスだけじゃなくて、縛ったり、玩具《おもちゃ》使ったり、色んなことしてあげるね。そういうの、興味あるだろ？」

もう、違う、とは言えなかった。そのことを想像するだけで感じてしまい、体内の天牙をきつく締めつけてしまう。それだけでも、彼の逞しいものの形をはっきりと感じ取ってしまい、更に昂ぶった。

「あぁぁ、あ――――…！」

最奥をぐりぐりと突かれて、葵はとうとう達してしまう。目の前の薫にたまらずに縋りつくと、彼が唇を合わせてきた。促されるままに震える舌を絡め、くぐもった呻《うめ》きを漏らす。

「んふぅう、うう」

絶頂に震え、悶える身体を彼らの指先が優しく撫でる。乳首を捏ねられ、捻《ひね》られて、また軽

く極めてしまった。

「そろそろ俺も出させてもらおうか」

体内の脈動は一際大きく、うねっていた。この肉洞の奥に、彼の精を注がれる。

「俺達の精は少しばかり刺激的だからな……。一度出されると、それ以来みんな中に出せとねだってくる」

彼らの体液は媚薬のようなものだと、さっき言われたことを思い出した。

「さあ、出すぞ。思いきり尻を開いて、奥まで受け止めろ」

天牙の両手に強く太股を掴まれ、更に大きく開かれる。それと同時に熱いものが中で弾けた。

「――――あ！」

それは葵の肉洞を濡らし、じわじわと広がるような快感をもたらす。まるで甘い毒がそこから沁《し》み込んでいくようだった。

「あ、あぁぁあ……っ、あ、ついっ……！」

強烈な刺激にまた昇りつめた葵は、深く天牙を咥え込んだ尻をぶるぶると震わせる。薫の肩口に顔を埋めながら、言葉にならない声が漏れた。

やがて葵の中にすべてを注ぎ込んだ天牙は、ひとつ息をつくとその凶器を引き抜く。ずるっ、という音がして引き抜かれる感触に、葵は嫌がって顔を上げた。

「あ、抜、か…っ」

抜かないで欲しい。葵は確かにそう訴えようとしたのだ。

「次は俺が挿れてあげる。俺じゃ駄目？」

くすくすと笑いを漏らしながら、薫が甘えるように頬をすりつけてくる。その感触に思わず安堵《あんど》するように吐息を漏らした。兄に触れられている時を思い出す。

(兄さん――――、ごめん)

だけど、こんなの抵抗できない。

葵の後孔から天牙のものが抜けると、そこはたちまちのうちに窄まって、ヒクヒクと蠢《うごめ》いた。

「は、ぁ……ああ」

もっと、もっと欲しい。奥まで挿れられて、この中をかき回されて、それから、また中に出されたい。

そんな葵の衝動をちゃんと理解しているように、薫は葵を膝の上に抱き上げ、その怒張を手にした。

「あ――――」

彼のものも、天牙に負けていないくらいの姿を誇っている。力の入らない腰を天牙が支え、葵の濡れた肉環が、薫の凶器の先端を呑み込んだ。じいん、と、痺れるような感覚が生まれる。

「あぁぁ、あ……！」

自重を支えることができない葵は、そのままずぶずぶと薫のものを奥まで咥え込んでしまった。

「あっ、は、はいっ、て…っ、い、いい…っ」

「えらいねー。上手に呑み込んだね」

根元まで這入ってしまって、葵はふるふると身体を震わせていた。最初から深く挿入されたものが奥で脈打っている。薫のものの先端が葵の一番感じる場所に当たっているので、這入っているだけで感じてしまうのだ。

「自分で動ける？」

「……っ」

葵は泣きそうな顔で首を振った。

「しょうがないなあ……、ほらっ」

薫は葵の腰を両手で掴むと、それをぐい、と持ち上げた。相当な力を必要とするはずなのに、彼はまったく平気そうに見える。だがそれに驚いている間もなく、薫はその内部を、やはり凶悪な男根で思うさま突かれた。

「あっ、ああっ、ああんんっ」

天牙の出したもので濡れそぼつ肉洞は、擦られる度にぐちゅぐちゅと卑猥な音を立てる。下からも突き上げられ、下半身が占拠されるような快感に、葵は恍惚として喘いだ。意地も立場も、そして何故父がこんなことを命じたのかという疑問も、今のこの快楽と興奮の前には灰のように燃えて吹き飛んでしまう。

「だいぶ素直になったな。いい子だ」

「ふぁあうっ」

後ろから天牙に抱き締められ、乳首を指先で捕らえられて転がされて、葵は蕩けるような声を出した。

「き、きもち、いぃ……っ」

感じる媚肉をずちゅずちゅと抉《えぐ》られながら胸の突起を弾かれる快感に、仰け反った葵は天牙の肩に頭をもたせかけた。すると顎を捕らえられ、背後から彼にキスをされる。舌を突き出し、くちゅくちゅと絡め合いながら、背筋を駆け抜けていく愉悦にぶるぶるとわななないた。

「あ――――あ、んん――――、い、いくっ…！」

ぐりっ、と深いところを抉られ、葵の肢体が絶頂に震える。白蜜を噴き上げている前のものに薫の指が絡みつき、精を搾《しぼ》るように扱かれた。

「あっあっあっ」

「イってる時、すごく締まるね……。ちぎられそうだ」

「ＢＥＡＳＴのモノをちぎるなんてすごいな」

何を言われているのかわからない。薫はそのまま葵の前方を指で愛撫しながら突き上げてきた。天牙は背後から葵の身体の至るところに指を這わせ、首筋を吸い上げてくる。文字通り身体中を愛撫されて、葵は無意識に恍惚となって腰を振り始めた。その媚肉で薫の男根をしゃぶり、乳首や屹立《きつりつ》を愛撫してくる天牙と淫らなキスを交わす。

「ん――――ん、ふぅ……う」

「中が痙攣してるよ。俺もそろそろ出そうだ」

「だ――出して、なかっ……」

またあの灼けるような快感を味わいたい。葵がねだるように言うと、薫がにやりと口の端を上げて笑う。見た目は違っても、そんな表情は天牙にそっくりで、彼らが同じ目的のために造られた存在であることを痛感する。

「いいよ。いっぱい出してあげる。――――ほら、味わえよ…！」

ずうん、と最奥が突き上げられ、葵の頭の中が白く染め上げられた。強烈な絶頂に支配されて、葵は全身で深い極みを味わう。反り返った喉から漏れる泣き喚くような声は、自分のものではないみたいだった。

そうして、どくっ、と、熱いものが弾ける。内壁を蕩かすような甘い痺れ。

「……あ――――…、〜〜っ、〜〜っ」

持ち主を壊すといわれるＢＥＡＳＴに二人がかりで抱かれ、限界を超える快感を与えられた葵は、すべての力を使い果たすと、ふわふわとした心地のいい闇の中に堕《お》ちていく。

最後に抱き留められた腕がどちらのものなのか、もうわからなかった。

「そっちは危ないぞ、葵」

「大丈夫！」

あれは葵が十歳の時だった。父は研究があって来られないというので、葵と蒼志は、二人だけで祖母の家に遊びに行った。夏休みのことだった。

そこは緑の多い田舎で、普段は都会で過ごしている二人は、夢中になって遊びに興じた。川の中に入って蝲蛄《ざりがに》を採り、あるいは魚を釣り、山に入っては昆虫を採ったりめずらしい植物を見に行ったりした。

田舎には蒼志と同じくらいの年齢の男の子達もいて、二人はすぐに仲良くなった。

けれども、年上の男の子達は山の深いところまで行って遊んでしまうので、年下の葵はその遊びについて来られない。だから、置いていかれる時も度々あった。

そんな兄を、葵は祖母と一緒に、寂しい気持ちを抑えながら待っていた。

「留守番できるか、葵」

その日は山の頂上まで行くというので、葵は家にいることを祖母から言いつけられた。聡《さと》い葵は、蒼志の足手纏いになることをよしとしない。

「頂上までは道があって、ほとんど一本道だっていうけど、けっこう急な斜面があるから小さい子は危ないって――」

「うん、大丈夫――。僕本読んでるから」

「そうか」

向こうで、地元の男の子達が蒼志を呼んでいる。心配そうに葵を振り返りながら出かける兄を、葵は手を振って見送った。本当は一緒に行きたい。けれど自分はまだ小さいから、彼を困らせることになる。兄に疎まれるのは嫌だった。物心ついた時にはすでに母は亡く、父も研究が忙しくてあまり側にはいてくれなかった。

葵の側にいてくれたのは、蒼志だけだった。彼が葵の面倒を見て、勉強も教えてくれた。テストでいい成績をとった時などは、自分のことのように喜んでくれた。

もっと、兄に好かれたい。いい子だと思ってもらいたい。

だから葵は、彼にわがままを言うことはなかった。それはしてはいけないことだと思っていたから。

ところが、昼を過ぎたばかりの頃、山のほうから雷の音が聞こえた。窓から見ると、山頂のあたりに厚い雲がかかっている。葵はにわかに蒼志のことが心配になった。

蒼志が地元の男の子達と出かけた山は、さほど大きな山ではない。このあたりでは、一番低い山だと祖母は言っていた。それでも、もしも彼がぬかるんだ道で足を踏み外し、崖から滑り落ちでもしたら。落石にでも遭ったら。道に迷ったりしたら。

そんなふうに悪い考えが次から次へと浮かんできて、葵は不安になる。

「お婆ちゃん――、お兄ちゃん達、大丈夫かな」

家の外でも、ぽつりぽつりと雨が降ってきていた。彼らは、傘を持っていっただろうか。

「あら、降ってきたんだね――。でもまあ、あの子達と一緒だから大丈夫でしょう」

のんびり屋の祖母は、そんなふうに言ってあまり心配していないようだった。

雨脚が少し強くなる。

それを見ていて、葵はいてもたってもいられなくなった。

お兄ちゃんが、風邪を引いてしまう。

祖母の目を盗み、葵はそっと家を抜け出した。傘を二本持つ。一本は自分で差し、もう一本は大事に抱えて、山へと向かった。

頂上まではほとんど一本道。兄が言っていたことを思い出した。それなら迷うことはないだろう。葵は吹き付ける雨を傘でしのぎながら山へと向かう。

雨が降り、陽の差さない山の中は思ったよりも暗かった。葵は心細さを覚えたが、ここまで来たら戻りたくはなかった。

道は確かにはっきりしたものが上へと延びていたが、濡れた山道は思ったよりも歩きづらい。少し登るとすぐ息が切れてしまって、あたりはますます薄暗くなってきていた。

それでもなんとか進んでいくと、七合目を示す看板が脇に見える。

もう少しだ。

足取りが軽くなった時、急に道幅が狭くなっていたことに、葵は気がつかなかった。ずるり、と足が滑り、次の瞬間には身体が斜面へと転がっていく。

「わあああ！」

なす術もなく転がっていると、足が何かにぶつかり、葵の身体は斜面の途中で止まった。痛みを堪えながら目を開けると、せり出していた太い木に引っかかっている。

「い、いたっ…いたい……っ」

あちこちをぶつけて、身体は擦り傷や切り傷だらけだった。上を見ると、ずっと向こうに落ちたところが見える。どうにかして這い上がろうとするが、雨に濡れてぬかるんだ斜面は子供の力では上がるのは難しい。おまけに落ちる途中で捻ったらしく、足首がずきずきと痛みを訴えていた。必死で体勢を立て直し、引っかかった木を足場にしているのが精一杯だ。

「……おにいちゃん……」

葵は落ちた山道に向かって叫ぶ。山を下りてきた兄達が、どうにか気づいてくれないだろうか。

「お兄ちゃん！」

大声を出しても、あたりはしん、としていて、戻ってくる返事はなかった。葵はポケットの中を探る。あった。どうやら落としてはいないようだ。

一縷《いちる》の希望を持って電話の端末を取り出してみたが、電波はここには届いていない。がっくりと肩を落とし、それをまたポケットに入れる。

(────寒い)

気がつくと、あたりはまた暗くなっていた。ここは樹木の陰になっているから、よけいに暗く感じてしまう。おまけに寒くて、捻った足や怪我をしたところが痛い。

「……お兄ちゃん、痛いよ……こわいよ」

心細さが極まって、葵はしくしくと泣き出した。これからどうなってしまうんだろう。誰にも見つけてもらえなかったら、自分はここで一人で死んでしまうのだろうか。

闇は葵を包み込もうとしていた。それに抗い、なんとか斜面を上がろうとするが、すぐに滑って落ちてしまう。下手をするとここから更に下に落ちていきそうで、怖くなってやめた。

────どうしよう。

半ばパニックを起こした葵は、ただ泣くことしかできなかった。

────助けて。

たすけておにいちゃん────たすけて。

「────葵⁉　葵、そこにいるのか⁉」

その時、兄の声が聞こえたような気がして、葵は顔を上げた。

道の上に、人影がある。それはこちらを覗き込んでいるように見えた。

「――――葵‼」

「お兄ちゃん‼」

葵は精一杯の声で、蒼志を呼ぶ。返事はすぐにあった。

「葵！　落ちたのか⁉」

「崖の途中にいる――――お兄ちゃん、助けて！」

葵はさっきの端末を出し、画面の明るいほうを向けて合図をする。

「――――すぐに行く！　待ってろ！」

蒼志がそう言った後、道のほうで彼が男の子達と話している声が聞こえた。

「俺はここを下りるから、大人を呼んできてくれ」

「下りるのか⁉　危ねえだろ！」

「弟がいるんだ。一人にしておけない」

「……わかった。気をつけろよ！」

ばたばたという足音がした後、蒼志は葵が転げ落ちたところから慎重に下りてくる。ゆっくりと近づいてくる兄の姿を見た時、葵はこの上もない安堵を覚えた。

やがて蒼志は衣服を泥だらけにしながらも、葵のところまで下りてきてくれた。

「――――もう大丈夫だからな、葵」

「お兄ちゃん！」

兄に抱き締められ、葵は激しく泣き出した。

「どうしたんだ、葵――。追いかけてきたのか？」

雨が降ってきたので、蒼志は男の子達と一緒に下山している最中だったという。だが道の途中で、葵の靴を見つけた。驚いてあたりを見回すと、足を滑らせた跡を見つけ、慌《あわ》てて声をかけたのだそうだ。

「ごめんなさい、ごめんなさい……！」

結局、兄の足を引っ張ってしまった。兄に迷惑をかけてしまったことに、葵は後悔して何度も謝罪する。

「雨が降ってきたから、お兄ちゃんが心配になって、それで……！」

葵はしっかりと胸に抱いていた傘を見せた。自分の傘は落としても、それだけは離さなかったのだ。

「……そうか」

蒼志はしっかりと葵を抱き締める。息が詰まってしまうほどに、きつく。

「心配してくれたんだな。ありがとうな。……だけど、こんなことはもうするなよ。一人で危ないところに行くのは絶対に駄目だ」

少し怖い顔で諭《さと》されて、葵は素直に「はい」と頷いた。

「よし。じゃあ、もうすぐ助けが来るから、それまでがんばるんだぞ」

「うん」

蒼志は自分の上着を脱ぐと、葵の肩の上にかけてやる。それから三十分も経つと、男の子達が大人を連れて戻ってきた。蒼志はまず葵を引き上げてやり、次に自分も手を借りて無事に生還を果たす。

祖母の家に戻ると、玄関先で待っていた祖母は葵を抱き締め、それから葵の身体を洗い、傷の手当てをしてくれた。もちろんその後はきっちり叱《しか》られたが、蒼志は葵を庇《かば》ってくれた。葵は賢い子だから、俺がちゃんと言い聞かせたからもうしない、と。

次の日になっても、葵はさすがにしょげていた。傷はまだひりひりと痛かったし、何よりもあんなことをしでかしてしまった、というのがショックだったのだ。兄は変わらず優しくしてくれたけど、本当は葵のことを嫌いになってしまったかもしれない。

（僕が悪いことをしたから）

悪い子になってしまったら、兄に嫌われる。そんなことになってしまったら、もうどうしたらいいのかわからない。

そんな思いに囚われて縁側で包帯を巻いた足をぶらぶらさせていると、出かけていた兄が戻ってきた。昨日助けてくれた大人の家に、御礼に行っていたのだ。

「葵」

「お兄ちゃん……」

「怪我、どうだ、痛むか？」

「ううん、平気だよ」

葵は他にも、手足や顔のあちこちに絆創膏《ばんそうこう》を貼っていた。蒼志は痛々しそうにそれを見やると、葵の隣に座り、持っていた袋をがさがさと探る。

「商店で買ってきたんだ。お前、これ好きだろ？」

取り出したのは、赤い袋のパッケージに入っている苺《いちご》のソーダバーだった。

「あっ、いちごポップ！」

葵はこのアイスが大好きなのだ。思わず笑顔になった葵に、蒼志も笑う。

「ほら、これ食べて元気出せ」

「お兄ちゃん……」

彼は葵が元気がないことを、知っていたのだ。

「お兄ちゃんは怒ってないから。お前が無事なら、それでいいんだ」

じわっ、と葵の瞳に涙が浮かぶ。その頭をぽんぽんと撫でられて、幸せな気持ちになった。

「アイスとけるぞ」

「うん」

鼻水を啜りながら食べたアイスは、それでもとても甘くて、酸っぱかった。

あれからどれくらい、時間が経ったのだろうか。

最初に彼らが言っていたように、葵は完全に外界との連絡を絶たれ、この家に監禁されていた。

いったいここがどのあたりになるのか。窓はどうやら外からも固く閉ざされているようだった。開かないので時間も見当がつけにくい。ただ、外から微《かす》かな木々のざわめきと、鳥や獣の声が聞こえてくるので、都市部ではないだろうと推測される。

会社のほうも気にはなる。突然自分がいなくなって、どうなっただろうか。秘書の深瀬あたりも、かなり慌てているだろう。

(父さんはいったい何を考えているのか)

今回のことは父が仕組んだのだという。回収されたＢＥＡＳＴに葵を攫《さら》わせ、監禁して犯せと命令する。

(正気の沙汰じゃない)

葵がプレイロイドの存在に批判的だから、こんなことをしたのだろうか。だが葵は苦々しく感じている意思を示しても、積極的に父の研究開発を妨害したわけではない。あの義体達が会社の利益に貢献しているのは事実だ。それを認めているから、葵は渋々でも容認してきたのだ。

（――それすら許せなかったというのか）

葵はベッドの上で膝を抱える。ここに連れてこられてから、衣服らしい衣服を与えてもらえなかった。薄いガウン一枚で、下着はない。部屋には水回りが整えられていていつでも身体を洗うことができたが、屈辱には変わりがない。

葵は一日を、彼らに抱かれるか、疲れ果てて眠っているか、こうして正気の時には考え事をして過ごしていた。部屋には時計の類いはなかったので、時間の感覚が曖昧《あいまい》になってくる。三度出される食事とその内容で、だいたいの時間を推し量るしかなかった。

天牙と薫というあの二体のプレイロイドは、与えられたという命令を忠実に実行している。最初に彼らに抱かれた時、葵は理性を完膚《かんぷ》なきまでに砕かれ、一匹の獣と化した。屈辱も意地もそこにはなかった。そんなものは、持っていても無駄なのだ。あの快楽の前には。

二度目からは、口づけされただけで耐え難いほどに身体が疼いた。どんなに理性を保とうとしても駄目なのだ。敏感な場所を愛撫されると、肉体がバターのように蕩けてしまう。今もそうだ。あの快楽地獄を思い出しただけで、肌が熱く火照ってくる。

「……くそっ」

どうにかしてここから出られないものか。せめて、外部の情報を知ることができれば。

その時部屋の鍵が外される音がして、葵はぎくりと身体を強ばらせた。この部屋に入ってくるもの、それは彼らしかありえないからだ。

「ご機嫌いかが？」

薫が砕けた口調で入ってくる。

「あまりよくなさそうだな」

天牙は睨《にら》みつけてくる葵の視線を軽く受け流すようにして笑った。

「いい加減教えてくれ。ここはどこなんだ」

「聞いてどうする」

天牙は肩を竦めた。いちいち人間くさい仕草をする。それもプログラムによるものなら、いったいどれだけ膨大なものなのだろうか。

彼らを構成する物質の約八十％は人間に近い組織で造られている。そうして抱かれてみてわかったが、その肉体はまさにヒトのものだった。いや、ヒト以上といってもいいだろう、セックスに関わることについては。魅力的な容姿、卓越したテクニック。そして尽きない体力。なるほど、これでは人間は彼らに溺れてしまうだろう。だがこんな危険な存在を、何故造った。

「俺は戻らなければならない。会社に戻って、それから父に聞かなければならないんだ」

どうしてこんなことをするのかを。

葵はここに連れてこられてから、それを何度も彼らに訴えていた。

天牙は薫と顔を見合わせる。そして、薫がやや呆れたようにため息をついた。

「ん――…、何度も言ってるけど、それはできないんだよね」

「お前達が、命令を受けているからか」

その答えも何度も聞いているものだった。

「そう。葵を調教して、トロットロにしちゃってくれってさ。管理者権限のコマンド」

「やり方こそ俺達に任せられているが、そこは変わらない。だったら素直に楽しめばいいと思うが？　これまでの所有者は、暇さえあれば俺達に抱かれたがっていたぞ」

「――――俺をそんな奴らと一緒にするな！」

葵は思わず声を荒げた。

「そんな、自堕落な……！　俺は違う……！」

「いや、違わないよね？」

薫が葵の言葉をあっさりと否定する。

「むしろ、これまでのユーザーの中で一番淫乱なくらいだよ、君」

「やめろ！」

葵は耳を塞いだ。聞きたくなかったのは、うっすらとその自覚があったからだ。今だって、昨夜の行為を思い出して、もう身体が火照っている。それを指摘されたくはなかった。

「ヒトというのは難儀だな」

天牙がゆっくりと近寄ってきて、ベッドの端に座る。

「自分に益があるのなら、素直に受け取ればいいものを――――。つまらない理由をつけて認めまいとする」

肩にそっと腕を回される。その途端、葵の肩がビクッ、と震えた。だが拒否することはできない。

「こうして触れられただけでも、もう力が抜けていくんだろう?」

「や……」

やめろ、という声さえ、もう掠《かす》れていた。

「だったらさ、もうそんなことが言えないくらい、気持ちよくしてあげようか。奥の奥まで、虐めてあげる」

反対側に腰を下ろした薫の言葉に、葵は怯えた。これ以上何をされてしまうのだろう。

「期待してるな?」

「あっ!」

天牙にうなじにかかる髪をかき上げられ、首筋を軽く吸われて、それだけで葵の身体は震えた。

「期待してもらっていいよ。死んじゃうくらいエッチなことしてあげる」

「壊れる一歩手前までな」

その言葉から予想される仕打ちに、恐怖と、そしてそれを上回るほどの甘い戦慄《せんりつ》が背中を駆け抜ける。葵は腰を引こうとシーツをずり下がったが、それはますます追いつめられることに他ならなかった。

哀切な、細い泣き声が部屋に響く。それは夜な夜な響き渡る声だった。身の内を燃やす快楽に責め立てられ、どうにもならずによがり泣くしかない葵の嘆きと、そして恍惚の声だった。

「今日は特別興奮している？」

葵はその裸体を、彼らの手によって緊縛されていた。白い肌にかけられた縄《なわ》は葵の自由を奪い、締めつけて、その動きを拘束している。両腕を後ろで縛《いまし》められ、手と膝頭を一纏めに固められて、脚を閉じられないようにされていた。

少し身じろいだだけで、縄が身体を締めつけてくる。それなのに、その感覚に肉体がどうしようもなく興奮してしまうのだ。

「あ、はうぅっ…、ん、や、あぁ…っ」

背後から上体を抱えられるようにされて、胸に回ってきた薫の指に両方の乳首が弄《もてあそ》ばれている。気まぐれに摘まれ、こりこりと揉《も》まれると、腰の奥まで切なくなってしまう。

「あっ、あっ、そ、そこっ……」

「乳首気持ちいい？」

「んう…っ、ん、ふう…んんっ」

問われて、ためらっていた葵は、やがて喘ぎながらこくりと頷いた。否定しても、もうどうしようもない。よくないと答えたとしても、それならよくなるまでしてやろうと、とんでもない淫らな責めを施されるだけなのだ。そうだとすれば正直に答えたほうが、いくらかはマシだ。

それに、乳首は実際に気持ちがよかった。

指先でぴんぴんと弾くようにされると、体内の快楽の核の部分が同時に弾かれるような感じがする。葵の胸の突起は卑猥に尖り、硬くなって勃起していた。膨《ふく》らんだ乳暈《にゅううん》もくすぐられて、葵は思わず腰を浮かしてしまう。

天牙は葵の開いた両脚の間に陣取り、内股を焦らすように愛撫している。中心でいきり立ち、先端から愛液を滴らせているものには一切触れず、わななく内股に舌を這わせ、戯《たわむ》れに脚の付け根を撫で上げてくるのだ。

「――――あっ、あっ！」

くりくりと乳首を捏ねられ、葵はたまらずに上体を反らす。頭を薫の肩にもたせかけると、彼は愛おしそうに葵の唇を吸ってきた。

「ん、んう――――ん」

「こんなにビンビンになってるしね……。乳首でイってみようか？」

「い、やだ、それ、いや……っ」

乳首で達すると————というか、性器以外の場所でイってしまうと、内奥がもの凄く切なくなってしまう。葵はそれを、この数日間で思い知らされた。だから嫌だと言っているのに、彼らはわざとそれを繰り返すのだ。まるで葵に、覚え込ませようとするみたいに。

「どうして。昨夜も乳首でイってたじゃないか。気持ちイイ、気持ちイイって泣きながら腰振ってさ」

「ああ……っ」

昨夜のことを思い出してしまい、葵はたまらずに喘ぐ。そうだ。昨夜も、さんざんここを弄《いじ》られ、そしてイかされた。彼らに大の字に押さえつけられ、左右からそれぞれの突起を吸われ、舌先でねぶられ、葵は異様な快楽に卑猥な言葉が漏れるのを止められなかった。

そうして今は縛られてしまって、それだけで全身が感じてしまっている。

「なんだ、昨日みたいにして欲しいのか？」

「あっあっ、ちがっ…！」

天牙が伸び上がってきて、葵の右の乳首に吸いつく。途端に、じくじくという刺激が胸の先から広がっていった。

「なら今日も舐めてイかせてあげようか」

後ろにいた薫が反対側の突起に吸いつき、その舌先でねっとりと舐めてきた。葵はそのままベッドへと組み伏せられる。

「あぁああ――――…」

それまで意識してもいなかった胸の突起を性感帯に変えられ、夜ごと責められ、葵は緊縛された裸身を反らして身悶えた。卑猥な音を立てながら舐めてくるプレイロイド達の手管にひどく感じさせられながら、否応なしに絶頂へと追い立てられていく。

「あ、あ！」

乳首と腰の奥の感覚が繋がり、葵は突起を嬲《なぶ》られて達してしまった。腰がはしたなく振り立てられ、股間のものからびゅる、と白蜜が噴き上がる。

「あ、あ――――…、いく、いくっ…！」

「すっかりイくための場所になったな」

「可愛いね、葵。――今度はお待ちかねのところを虐めてあげるね。せっかく縛って、よく見えるようになったんだから」

薫がするりと下半身へと移動し、葵の縛られた脚をそっと押さえた。そこは白く濡れ、達したばかりでびくびくとわなないている。そんな場所を口の中に咥えられ、ぬるりとした感触に包み込まれた。

「ひうぅうっ」

あまりに強烈な感覚に、葵の全身がびくん、と跳ねる。

「たっぷり舐めてもらえ」

「あん、あっ！」

自身を舌で愛撫されて、それだけでもたまらないというのに、今度は天牙が上体を指先で嬲ってきた。どちらかといえば薫よりも野性的な外見であるのに、その手つきは羽根のように柔らかい。

「はぁあ…っ、ああ、あっんっ、い…いっ」

そうして下肢を襲う強烈な刺激。それまで放っておかれたものに薫の濡れた舌が絡みつき、葵が耐えられないように吸って、舌を絡めてくる。この数日で、葵はその巧みさに抗えたためしはなかった。

「く、ふ…あ、あう、あうっ……！」

じゅるる、と吸引され、身体の芯が引き抜かれそうな快感に、葵は恍惚とも苦悶ともつかない表情を浮かべる。感じすぎて苦しいのだ。けれど、それが大きな悦《よろこ》びを連れてくる。

「あんんんっ……！」

「いい声を出すようになったな」

葵が悶えなければならないのは、薫による口淫だけではなかった。天牙の指先が、快楽に震える上半身の至るところを這っている。さっきいたぶられた乳首はもちろん、臍《へそ》の周りや敏感な脇腹までそれは及んだ。

くすぐったくてたまらないはずなのに、全身を発情させられた今となっては、そんな指戯まで快感となる。悶えるごとに縄が肌を食い締め、まるできつく抱き締められているようだった。

「はあっ…はあっ、あうぅ……っ」

「……すごい。口の中でびくびくいってる。跳ねてるみたいだ」

根元から裏筋を舐め上げながら薫が呟く。鋭敏な先端を舐め回されると、葵の肢体が限界まで反った。

「ん、ひ――……」

彼らの体液はヒトにとっては媚薬。最も感じる粘膜をその唾液で濡らされては、たまったものではない。それなのに薫は、愛液を零し続けるその小さな蜜口に、唾液を押し込むように舌先をねじ込んでくるのだ。

「あ、あぁ――……っ」

神経が焼けつくようだった。薫の唾液が精路に沁み込み、ずくずくと疼く。それが耐えられずに、淫らに尻を振り立てた。

「そんなに振らないの」

「あぁあっ」

後孔をこちょこちょと指でくすぐりながら薫が忍び笑う。その顔は、まるで葵を快楽地獄に突き落とす悪魔のように魅惑的だった。

そうして薫はやっとその気になったのか、再び葵のものを口に含むと、ねっとりと舌を絡めてくる。

「あ、は――――」

快感のあまり、目尻に新たな涙が浮かんだ。宙に投げ出された足のつま先が、きゅううっと丸まる。腰の奥で快楽が膨張し、弾けそうになった。

「あぁあ……っ、い、イく、いくぅ――――……っ」

こうなっては、葵はただイくための身体と化してしまう。もの凄い勢いで駆け抜け回る極みに、背を反らした肢体をただ痙攣させて白蜜を吐き出した。絶頂の声を上げる口を天牙に塞がれ、淫らに舌を絡めながら喘ぐ。

「ン、は、あ……っ」

「――――よし。準備運動はこんなもんでいいだろ。じゃ、タッチ」

葵の股間から顔を上げた薫が、天牙と掌を合わせた。二人の位置が入れ替わり、薫は葵の上体を背後から抱き起こした。今度は脚の間に天牙が来る。だが、彼はその手に何かを持っていた。

細くて波状にうねった、銀色の棒状のようなもの。それを目にした時、葵はふと嫌な感じを覚えた。

「今日はどうしてお前を縛ったと思う?」

「…………」

　葵が答えられずにいると、天牙は口の端を引き上げて笑った。

「暴れられると、危ないからな」

　そう言って彼は、その銀色の棒をれろりと舐め上げる。そうして葵の、たった今精を吐き出したものを片手で持ち上げると、たっぷりと唾液で濡らしたそれを先端の小さな孔に押し当てた。

「──あ、な、にっ……⁉」

「ここの孔を、可愛がってやるのさ」

　信じられない天牙の言葉に、葵は濡れた目を見開いた。そんな場所が弄ばれるだなんて信じられなかった。

「やめろ、そんなの、無理……っ」

　迫ってくる棒の先端から、葵はどうにかして逃れようとするが、恥ずかしい格好で縛られた身体ができるのはせいぜい身を捩《よじ》ることぐらいだった。だがその度に縄が締まってくると、葵は逆に力が抜けてしまう。

「縛られて気持ちよくなってきちゃったね」

「う……そだ、そんなの……あっ」

「えらいスピードで調教が進むな。やっぱりお前には才能があるよ」

いったいなんの才能だと言うのだと、葵は屈辱に唇を噛んだ。

「大丈夫だ。痛くなんかない。お前には快楽しか与えない」

天牙は優しく言うと、その淫具の先端で、蜜口の入り口をくちゅくちゅと穿る。

「——————あああっ」

強烈な快感が突き上げてくる。びくん、と跳ねる肢体を、薫が背後から抱き締めた。

「動かないで。あんまり暴れると怪我するよ？」

そう言われて恐怖し、葵は必死でじっとしていようと努めた。だが、鋭敏な場所を抉られ、犯されて、我慢できない刺激が込み上げてくる。

「ひ、は、あっ！　ああ、あああぁ…っ、嫌だ、挿れ、るなぁ…っ」

「駄目だ。許しちゃやれないな。まあ心配するな。ここはとんでもなく気持ちよくなれる場所だ。今にやみつきになる」

「そ…んな、あっ、ひぃぃっ！」

淫具は少しずつ深く這入りながら、あるいは戻って、そして更に深く潜り込んできた。信じられないことに痛くない。さっき薫が執拗に唾液をこの中に挿れようとしていたのは、きっとこのためなのだ。

「もう感じてるんだろう？　少しずつ開いてやるからな……。ここを犯されるのは、脳が蕩けそうになるくらいイイって言っていた奴がいたな」

くちゅ、ぐちゅ、と音を立てながら、淫具が次第に埋まっていく。天牙がそれを動かす度に、挿入しているところから溢れた愛液が自身を伝っていった。

「ほら、もうぐちょぐちょだ」

——濡れている。信じられない。

「うっ——……くっ——、あ、あ…ぁ、ひぃぃ…っ」

下半身から、異様な快感が込み上げてくる。それは熱く、深く、耐えられないほどだった。天牙が言うように、頭が蕩けそうになって、何もかもが駄目になりそうな気持ちよさがある。

「ああ……うあぁあ……っ」

薫の指先が優しく乳首を撫でてきた。こんな時にそんなふうに柔らかく触られると、よけいに感じてしまう。葵は啜り泣き、口の端から唾液を漏らして、その淫虐な責めに晒された。

「いやらしい顔になってる。可愛いぞ」

「ああ、やだ…っ」

卑猥だ、と言われて、葵はかぶりを振る。自分の肉体が、彼らの思うように拓《ひら》かれていくのが悔しくてならなかった。それなのに、可愛いと言われて褒められているようにも感じてしまう。

——俺はもう、おかしくなったのか。

「んん、んあああっ」

その時、一際激しい、濃密な快感が突き抜けて、葵は悲鳴じみた嬌声《きょうせい》を上げた。

「あっ、あ――――っ」

自分の意思とは無関係に、がくがくと身体がわななく。薫が背後から葵の太股を両手で開いて、まるで小児に用を足させるような屈辱的な格好にされたが、そんなことに構っている余裕すらない。

天牙の操る淫具の先端が、葵の精路の中、とある場所に当たっている。それだけで、勝手に身体が震え出すほどの快楽が湧き上がってくるのだ。

「あ、嫌だ、そこ、いやだあ…っ」

「ここがお前の一番いいところだ。そら、ここをこうして……」

淫具が精路の中でぐるりと回される。

「ん、ひぃ――――…っ」

その瞬間に、葵は瞬く間に絶頂に放り投げられた。脳髄が灼き切れそうな快感が波のように襲ってくる。

「あぁあ、イく…っ、いってる、のにっ」

「イったまま降りてこられないだろう？　もう少し虐めてやろうか」

天牙は蜜口から出ている淫具の先端の部分を、上からとんとんと叩いたり、あるいは弾いたりした。その度に、まるで快楽神経を直接責められているような愉悦が、葵の全身を舐め上げるように支配してくる。

「あ、あ――あ、ああっ、こん、な…っ、俺っ」

「気持ちいいだろう？　けどな、もっとよくなるぞ」

「はい、お尻上げて――。入れるよ」

「え、あ…っ？」

ぐい、と腰が持ち上げられ、後孔にずぶずぶと薫のものが挿入された。肉環をこじ開けられ、内壁を押し開かれる快感。

「ふ、あ――…、～～～っ」

目の前がちかちかと瞬き、声にならない声が反った喉から漏れた。

「前と後ろから感じる場所を挟まれるのは、死にそうになるだろう？　……今からたっぷり虐めてやるからな」

「壊れたらごめんね？」

葵は朦朧《もうろう》となった思考の中、前後で物騒なことを囁かれるのを聞く。天牙の手で、淫具を挿入されたままの股間のものを握られ、根元から扱かれる。

「くう、ぅう――…っ」

足の指先をすべて広げ、ぶるぶると震わせながら葵は快感に悶えた。腰から下の感覚がないのに、快楽だけが突き上げてくる。いったい自分の肉体はどうなってしまったんだろう。

そうして後ろからは、薫がその剛直でもって突き上げてきた。中から感じる場所をごりごりと抉られて、凄まじい絶頂に薫は泣き喚く。

「んううっ、あ…ひ、ひ————…っ、あああ…もう…っ、もう、いじめないでっ、そこ虐めないでえ……っ」

葵は極みに達する度に哀願した。暴力的な快感が脳天まで突き抜け、息が止まるほどの悦楽に揺さぶられて頭の中にバチバチと火花が散る。

「ん、んう……っふうっ…う」

天牙に口を塞がれて、ぴちゃぴちゃと舌先を絡ませながら喘ぎ、体内の薫をきつく締めつける。

(こわれる)

こんなに恐ろしい快感を与えられて、壊れないはずがないと思った。

断続的な絶頂に声も出なくなった頃、精路に挿入されていた淫具がずるっ、と引かれる。

「ん、ひ————っ」

途端に上がる悲鳴に、全身の感覚が一気にうねって、より耐え難くなった。

「さあ、さんざん我慢したろう。たっぷりと出せ」

「————ア！」

ちゅぽん、と淫具が精路から抜ける。その途端に腰骨が灼けるような熱さと痺れに襲われ、

葵は全身をがくがくと痙攣させた。ずっと栓をされていた精路に、蜜液が押し寄せる。

「んんはあぁああ」

葵は二度、三度と腰を跳ね上げた後、白蜜を勢いよく噴き上げた。びゅくびゅくと吐き出されるそれは葵の内股や下腹を白く汚していった。


「う————……っ、う、うっ……」

「よしよし、よくがんばったな」

「壊れなかったね。えらいね」

縄を解かれ、ベッドに横たえられた葵は、まだ激しい惑乱状態にあった。

あれから薫に中に出され、天牙にも犯され、ようやっと許された時、葵は何かが壊れた、と感じていた。

薫の言う、いわゆる気が触れた状態ではない。身体の奥のほうで、何かの箍《たが》が外れてしまったような気がする。

「快感に泣くお前は可愛いよ」

「んう……っ」

天牙に口づけられ、葵は素直に口を開いてその舌を受け入れた。夢中になって舌を吸い返し、その広い胸に甘える。

「いい子だ」

「葵、俺にも」

「ん……」

振り返り、後ろから抱き締めてきた薫とキスを交わす。自ら重ねる角度を変え、恍惚となってその唾液を絡めた。

自分が何故こんな目に遭うのかわからない。

それなのに肉体が屈してしまって、悔しいのに褒められると嬉しかった。これが壊れるということなのだろうか。

驚くべきことに、葵は彼らの腕に抱かれ、確かに安堵を感じている。それは兄にだけだと思っていたのに。

（全然違うのに）

彼らは蒼志に似てなんかいない。だからこれはきっと錯覚なのだと思った。

「葵、アイス食べる？」

その日、部屋に入ってきた薫は、手に白い袋を持っていた。

「は……？」

「うん、だからさ。こないだちょっと虐めすぎちゃったからご機嫌伺い」

そう言いつつも、薫は悪びれもせずに部屋に入ってくる。

「詫《わ》びのつもりなら服を与えてもらいたいものだな」

「えっ、服欲しいの？　どうせ外出しないしそのままのほうがすぐセックスできていいと思うけどな」

どうやら彼は本気で言っているようだ。だが、薫達があまりにも人間にそっくりなのでつい勘違いしてしまうが、彼はプレイロイドだ。人間ではない。義体だ。快楽を生み出すために造られた存在だ。

「相方はどうした」

「相方？　天牙のこと？　出かけてるよ」

「どこに」

「さあ知らない。なんかあれば連絡来るし」

　常に一緒に行動しているわけではないのか。というか、彼らは普段は何をして過ごしているのだろう。会社にいる時の葵はプレイロイドについてよく知ろうとはしなかったし、実際にこうやって『稼働』している義体はあまり見たことがない。といっても彼らの見かけはほとんど人間と変わらないのだが。

　そう、触れてみても、彼らは本当にヒトと変わりなかった。その肌の熱さも、弾力も。セックスについてはよくわからない。

　兄とは、最後まではしなかった。

「はいこれ。好きだと思って」

　薫が袋から出して差し出したものを見て、葵は少しばかり面食らう。

「……懐かしいな、これ……」

　しばらく口にしていなかった。兄とよく一緒に食べたアイスだ。昔から変わらないパッケージには、『いちごポップ』と書いてある。

「どうして、俺がこれ好きだってわかったんだ？」

「ん？」

　薫を見ると、彼はすでにそのソーダバーを咥えていた。それがなんとなくある行為を連想させてしまって、葵は思わず視線を逸《そ》らす。

「あれなんでだろ。なんとなく好きなんじゃないかなって思ったんだよ」

「――――」

葵はふと、違和感を覚えた。

葵の嗜好《しこう》と性格については、もしかしたら父が彼らに情報を与えたのかもしれない。だがこんな子供の頃の好みについては、いつも研究ばかりだった父は知らないはずだ。

「……薫は、父のことについてはどう思っているんだ？」

「緋乃博士のこと？」

「俺を犯せって命令を父から受けているんだろう？　お前達には感情があるという。なら、その時にどう思った？」

いつも軽佻《けいちょう》な表情を浮かべている薫は、口元に薄い笑みを浮かべて黙ったままだった。それを見ると、彼は本当に造りものなのかと思う。

「……最初は、いつものお仕事かって思った」

薫は溶けた苺味のソーダアイスがついた指をぺろりと舐めて言った。

「俺達に好みはないよ。どんな相手でも抱けるし、ちゃんと快楽だって感じる。けど今回の命令は、そうだな――なんか好きだな」

「……好き？」

「葵が泣いたりエッチな顔になってたりすると、もっと虐めたいって思う。こういうのってヒトだとドエスって言うんだろ？」

「――――…っ」

葵は思わず赤面した。最中の、薫の意地悪な顔を思い出してしまったのだ。胸の鼓動がどきりと鳴る。

「葵を初めて抱いた時、もう興奮がフルスロットルでやばかった。天牙もそうだと思うよ。緋乃博士がなんでそういう命令を出したのかはわかんないけど、多分――」

薫は続けようとして、それからふと固まったように口を閉ざした。

「……薫？」

呼びかけると、彼は困ったように葵を見て、笑った。

「なんかプロテクトかかってるみたいだ。ごめん」

「――――……」

父は用心深い性格だった。突きつめるというか、凝り性なのは研究者の性質だろう。そういう彼が、おいそれと彼らに情報を語らせるわけがない。

「ね、葵」

薫に抱き締められ、葵は身じろぎをした。彼らに抱き締められたりキスされたりすると、それが合図のように身体が火照り始める。まるで条件づけのように。

「葵は俺のこと好き？」

「なに言って……」

「俺は葵のこと好きだよ。すげえ感度いいし、姿形も綺麗だ。あとけっこう無駄な抵抗をするところも可愛いし」

薫の手が太股に滑ってくる。腰がぴくん、と震えた。

「ん……っ」

——それは、プログラムが言わせているのか。

わかっているのに、何故か胸が締めつけられた。

「あ、ん…っ」

唇が合わさり、軽く啄むような口づけから、すぐに深いものに変わる。

ああ——だめだ、また。

「もうとろんとして……可愛いね」

くすくすとした笑い声が耳元に響く。もう何度も抱かれているのに、甘い言葉は未だに駄目だった。力が抜けてしまうから。

こんなの本気にしたらいけない。彼らが葵を抱くのも、情熱的に口説くのも、すべて父に命令されているからだ。

そう思おうとしているのに、身体から力が抜けていく。

「こ、この間みたいなのは、嫌だ……」

「ん？」

今にも葵の股間に届こうとした手をどうにか制して止めると、薫はきょとんとした顔で見た。

「縛ってひどいことしただろう」

「ああ、あれ、ひどいこと、か」

薫はまるで今気づいた、という顔をする。そして彼は学習するのだろう。縛って精路を虐め、限界を超える快楽を味わわせるのはひどいことなのだと。

「うん、今日はそんなことしないよ。優しく抱いてあげる。葵の好きなとこ舐めたり、弄ったりしてあげるから」

「ううっ」

そうしてやんわりと股間を揉まれ、脚の間を甘い感覚が貫いた。柔らかく擦られ、根元から扱かれて、身体が痺れていく。

「はあ、あ、あ……んん」

股間を刺激されながらの口づけ。葵はもう、自分から舌を差し出すようになっていた。これも彼らに教えられたことだ。

ベッドに沈められて乳首を舐められ、軽く歯を立てられてしまい、身体が内側からとろとろと熔けていく。

「ここ、好き？」

「う……ん、すき…っ」

従順に応えながら、まだわずかに残る理性が「違う」と異を唱えていた。

俺はこんなことを言うような人間じゃない。

誰かが葵のことを「氷の花」と呼んだ。冷徹で、高慢な人間なのだと。

それなのに今の葵は、男に抱かれ、快楽に屈服して、ましてや甘い言葉に蕩けるような反応を見せている。

「あ、あ、んんんっ」

大きく割り広げられた両脚の間に薫の頭が沈み、すでに硬くなっていた屹立を口淫された。もう何度も味わわされた、頭の天辺まで突き抜けるような快感。そこに舌を絡められ、吸われるともう我慢なんかできない。

「あ、ああ、あ…っ、気持ち、いい…っ」

「やっぱり、ここ舐められると一番悦ぶね……。特にここかな？」

くびれの外周に沿って執拗《しつよう》に舌を這わされ、葵の腰が浮いた。

「あっ、そこ、そこぉ……っ」

鼻にかかった、媚《こ》びたような声。こんなのが本当に自分の声なのだろうか。だが、肉体で感じる愉悦はまぎれもなく葵が感じているものだ。

「あ、ああ、ふうぅ…っ」

シーツを握り、ぐぐっ、と背中を反らせる。先端部分にぬるぬると舌を這わされ、しゃぶられてしまって、イきそうになっていた。この、達する手前の瞬間が気持ちいい。彼らはそれをわかっていて、この時間を延々と長引かせるのだ。

それでも今日は、薫はすんなりとイかせてくれるようだった。

「あぁんんう……っ」

いやらしい声を上げ、浮かせた背をぶるぶると震わせて、葵は絶頂を味わう。極めている間も容赦なく吸われるので、たまらなかった。

「気持ちよくイったね」

まるで褒めるように髪を撫でられ、葵は羞恥に頬を染める。

「後ろも舐めてあげようか」

「あっそれはっ……！　あっ、はあぁぁ」

太股が胸につくほどにひどい格好にされて、薫に後孔に舌を這わせられた。熱くぬめった舌が、肉環の周りを丁寧に舐め上げていく。こじ開けられ、中まで舐められるようにされると、中の媚肉にもじわじわと刺激が走った。そうされるともう挿れて欲しくなって、ひくひくと腰が蠢く。

「……挿れていい？」

「んうう…っ」

肉環をこじ開けられ、指が挿入されて、肉洞にずくん、と疼くような刺激が走った。

「ここ、奥まで擦ってあげる。好きでしょ？」

認めるのは悔しい。けれど葵の内部は、もう男を欲している。まるで中が濡れるように、そこを犯すものを待ちわびていた。

「う……く、く、あぁ…っ」

「すごく、痙攣している……。すっかり欲しがるようになったね」

「んあぁっ」

指が引き抜かれ、薫は自分のものを下着から引きずり出した。猛々しいモノ。あれが葵を狂わせる。

入り口に当てられたそれが、遠慮もなしに這入り込んできた。

「うぁああぁっ」

ぞくぞくっ、と身体中に走るわななき。根元まで埋め込んだ薫は、そこで一度止まり、ふう、と心地よさげな息をついた。

「葵の中、熱くて気持ちいい」

プレイロイドもまた快楽を感じるのだと言う。彼らを忌《い》み嫌っていた時には単なる『仕様』であったその情報が、どんな意味をもたらすのか考えたこともなかった。

彼らがセックスを通じて何も得るものがないというのなら、ただの電動で動く淫具と変わらない。

ヒトと同じように言葉を話し、人格を持ち、快楽も得られる。それらが意味するものは。

「————ア、あぁあ……っ」

ずずっ、と抽挿が始まり、葵は思考することが叶わなくなった。感じる粘膜をすべて擦られ、下腹がじんじんと熱く、快楽がうねっている。

「葵、葵……っ」

薫が、まるでせっぱつまったように、性急に唇を合わせてきた。

「んん、うぅ……んんっ」

突き上げられながら口を犯されるのは息が苦しい。けれど、それを上回る興奮と悦楽があった。内壁にちりばめられたいくつもの弱い場所を、薫はひとつも漏らすまいと抉ってくる。

「あ、ア、あぁあ……っ」

葵は気持ちがよすぎて、涙を流した。けれど、それは壊れるかと思うほどの暴力的な快楽ではない。熱くて、繋がっているところから一緒になって熔《と》けてしまいそうな、多幸感に溢れたものだった。

「や、あ、イく、こんな、すぐ、イく……っ」

取り乱したように喘ぐ葵の首筋に、薫が軽く噛みつきながら答える。

「俺も、今日はもうイきそうだ……。一緒に、イこう」

「――――…っ」

葵はこくこくと何度も頷いて、薫の背をかき抱いた。汗ばんだ、熱い背中の感触。

――生きている。

葵は唐突にそんなふうに思った。

「あっ、あぁあア――――…っ」

どくどくと中に注がれる飛沫《ひまつ》。気持ちのいいそれを味わいながら、葵もまた、全身で達した。

「――――か、おるっ……！」

葵は、初めて相手の名を呼んで、そして果てた。


「起きてるか」

ドアが開いて、顔を出したのは天牙だった。手に何やら包みを持っている。

そういえば、今日は天牙はいなかった。そもそも、まだ今日なのかはわからないが。

「服だ」

彼が持っていたのはショップバッグで、無造作にベッドに置かれたそれを開けると、中に下着やシャツ、ボトムなどが数着ずつ入っていた。これまで薄いガウン一枚しか与えてもらえなかった葵はひどく驚き、顔を上げて天牙を見る。

「……どうしてだ？」

「いつまでもそのままじゃな。ちゃんとヒト扱いをしてやらないと」

「薫も俺にアイスなんか買ってきた。お前達、俺の機嫌でもとろうとしているのか？」

言ってからハッとして口を噤《つぐ》む。これは明らかに失言だった。

「……悪い。せっかく買ってきてくれたのに」

「いや、別に気にしてない。多分、薫も同じことを考えたんだろう」

「……同じこと？」

「お前に喜んでもらいたかった」

「――――」

およそ義体がいう台詞《せりふ》とは思えなくて、葵はそっと息を呑む。

「それで、俺達の狙《ねら》いは失敗したというわけか？」

「――――い、いや……」

葵から衣服を奪い、勝手にこんなところに監禁したのは彼らだ。だから服を与えてもらったからといって、感謝する謂《いわ》れはない。

けれど、胸の中が熱くなるのは、どうしたことなのだろう。

「俺達がヒトを喜ばせるといったら、セックスしかなかったからな。これまではそれでよかった。だが、お前にはもっと何か違うこともしてやりたい。これは俺と薫の共通の見解だ」

「……お前達は、どこまでヒトに近いんだ？」

葵にはどうしてもそれがわからない。

「質問の意味がわかりかねるが」

「それは、お前達の意思なのか――――それとも、父の与えた命令だからなのか」

「それは俺達にもわからない」

天牙は考える様子もなくあっさりと答えたので、葵は少しだけがっかりしてしまう。

「生まれた時、必要な知識はすべて持っていた。相手を支配すること。昂ぶること。快楽を得ること――――。けれど俺は、俺が持っているものはそれだけではないことをわかっていた」

天牙は葵を見つめて言う。

「俺達のロジックは非常に単純なものだ。けれど、それはヒトも同じじゃないのか？　俺にはヒトという生き物は、わざと物事を複雑に考えたがるような存在にしか見えん」

要は、と彼は続けた。

「それが『成長』というものじゃないのか？」

「――――成長」

葵は、これまで斜め読みだったプレイロイドについての資料を思い返す。彼らのＡＩは、経験によって得たものを解析し、そこからまた選択肢を増やすという、従来通りの単純なシステムをベースにして進化させたものだ。

だが、それだけではない。

彼らには、もっと基礎となるものがあるはずなのだ。そうでなければ、ここまで人間のように振る舞えるわけではない。

「――――俺達は、ヒトではないからな」

その時、ふいに天牙が葵ににじり寄ってきた。突然の行動に、思わずどきりと腰が引ける。

もうさんざん卑猥なことをされてきているのに、未だにこうして反応してしまうのは、おそらく意識しているからだ。彼らのことを。その言動を。

「そんなふうに思い悩むお前を見ても、可愛いとしか思わん」

「ふ、ふざけるな……」

顔が熱くなる。きつい言葉も、語調が弱くては意味がない。

「お、お前こそ――――、今日は薫はどうした」

「あいつはもうオフになった」

意識をオフ。つまり寝てしまったということだろう。

「俺がいない間に、二人でセックスしていたな」

問い詰めるような彼の口調に、棘《とげ》のようなものを感じ取った。

「……嫉妬しているのか」

「嫉妬？」

まるで初めて聞いた言葉のように、天牙はそれを何度か口の中で繰り返す。

「……なるほど、これが嫉妬か」

妙な感じだな、と彼は呟く。

「胸の奥が熱くて、言語化できないもやもやとしたものがある。だが――悪くない気分だ。お前といると、いくつも新しい感情を知ることができる」

それは、葵とて同じことだった。

嫌っていたプレイロイドに攫われて犯される毎日だというのに、これまで知りたくもなかった思いに悩まされる。

いったいどちらがヒトらしいのだろうか。

「嫉妬は、お前が俺とセックスすることで解消するだろう」

「やっぱりそうなるのか」

薫と同じように、彼は葵をベッドに押し倒してきて、思わず呆れたような口調になってしまう。しかし、もっと呆れているのは、自分自身だった。

あれだけしたのに、天牙の熱い手を内股に感じると、腰の奥に火種が灯る。

「薫はどうやってお前を抱いた？」

「どうやって……って」

「どんな手順で抱いた？　縛ったり、道具を使ったりはしたか？」

「ふ――――普通だ」

思わずそんなふうに答えると、天牙はそうか、と言って、葵を抱いたままくるりと身体を反転させた。

「うわっ！」

「それなら、俺も普通に、けれどちょっと趣向を変えてみよう」

葵は天牙の上に乗せられるような体勢になっていた。ガウンを乱され、それは葵の肩からするりと滑り落ちる。あっという間に彼の目の前で素肌を晒してしまい、込み上げてきた羞恥に視線を逸らす。

「綺麗だ」

「あっ」

下から伸びてきた両手に、上体を愛撫された。乾いた大きな手がさわさわと肌を這っていく。

「……あ、ああ……」

くすぐったいような、悩ましいような感覚に思わず熱い吐息が漏れた。ふいに胸の突起を摘まれて、電流のような刺激に、葵は思わず背を仰け反らせる。

「んあぁっ！」

「本当に敏感な肉体だな。こういうのを、打てば響くと言うんだったか？」

指先がたちまち尖る乳首を、こりこりと転がしていた。そうされると、背中にぞくぞくと震えが走る。

「ああっ……、ち、乳首、いぃ……っ」

「そんな素直なことを、薫にも言ったのか？」

「お、お前達のせいだろう……っ」

彼らが葵に卑猥な言葉を言うようにさんざん仕込んだせいで、葵は自分がどんどん淫らになっていくのを感じる。恥ずかしいのに、止められない。両胸の乳首をきゅうっと強めに摘まれて、びくん、と上体が跳ねる。

「あああ……っ」

次の瞬間には力が抜けてしまい、またがった天牙の上に倒れ込んでしまった。熱い体温を持つ肉体がそこにある。ふいに下半身同士が擦れてしまって、その刺激にびくん、と身体が震えた。

「お前のものと、擦れ」

「ああっ……、そん、な…っ」

最初は天牙が葵の腰を掴み、何度か擦り合わせて声を上げさせる。そして天牙が手を離しても、葵の腰の動きは止まらなかった。はあ、はあ、と息を乱しながら、彼の身体の脇に両手をつき、必死になって下半身同士を擦る。

「……っあ、はあ、ああ……っ」

裏側が擦れ、先端同士が擦れると、痺れるような快感が腰を包む。彼もまた、同じように感じているのだろうか。ちらりと下を見ると、天牙の凶悪なものが、筋を浮かべて反り返っていた。それを目にしただけで、力が抜けてしまいそうになる。

「……ああんんっ」

そうして葵が受ける淫戯はそれだけではなかった。彼の手が葵の後ろに伸び、双丘を割って後孔に指が挿入される。

「んううっ」

肉環がこじ開けられ、指が這入ってくる快感に、葵はたまらずがくりと頭を落としてしまった。そのまま届く限りの奥まで侵入してきた指が、肉洞の中でぬぷぬぷと出入りを繰り返す。

「あ…あ、ああ……っ、そんな…っ」

耐えられない。そんな衝動に、葵は夢中になって腰を動かす。互いの先端から溢れ出た蜜が、陰茎を伝ってはくちゅくちゅと音を立てた。

「こんな……っいやらしい…っ」

恍惚となった葵の美しい顔は、前と後ろから湧き上がる快感に上気している。敏感な粘膜を擦られ、虐められて、我慢できない官能の波が下半身から込み上げてきた。

「んっ――――んっ、あぁぁっ、イ…っ、く、あぁぁあ――――……」

天牙の上で背中を反らし、葵は絶頂に達する。震えながら今度こそ天牙の上に倒れ落ちると、顎を掴まれて深く唇を重ねられた。

「ん――――」

夢中で舌を絡め、吸われると、頭の芯が痺れたような法悦を感じる。

「……可愛かった。いい眺めだったよ」

「あ……っ」

恥ずかしさと、極めた直後の恍惚とし火照った肢体が震えた。すると脚の間にいきり立ったままの天牙のものの存在を感じ、思わず彼と目線が合う。

「いい子だ。俺のものを、治めてくれないか」

「…………」

葵に逆らえるはずがなかった。力の入らない身体をのろのろと起こすと、指で嬲られていた後孔に、その凶器の先端をあてがう。

「そのまま、挿れろ」

「――――……あっ、んぅぅう……っ」

ぐぷ、と天牙の凶器の切っ先が這入り、一番太いところを呑み込んでいく。全身が総毛立つような感覚がして、それでも葵は彼を迎え入れていった。内壁がこじ開けられていくごとに、快楽が深くなる。ところが天牙は、葵がすべてを呑み込む前に、いきなり腰を掴むと、下から強く突き上げてきた。

「うぁああ――――……」

「……悪い。待ちきれなかった」

何よりも性の手練れとされるＢＥＡＳＴが、自分の欲求をコントロールできなくなるということがあるのだろうか。

けれどそんな葵の戸惑いも、突き上げてくる天牙の律動の前に砕け散ってしまった。快楽に弱くなってしまった粘膜を、容赦ない肉棒が擦り上げる。

「あ、あ――――……っ、あっ、ああぁっ」

一突きされるごとに達しそうになりながら、葵は激しい快感に啜り泣いた。露《あら》わになった股間の屹立も手で扱かれ、弄ばれてしまい、待って、許して、と言いながら腰をくねらせて悦びを貪る。

好き放題に犯されているように見えながら、自分もまた快感を食い散らかしていることを、葵はこの時、うっすらと自覚していた。

周囲は霧がかかったように白く染まっていた。

心細い思いであたりを見回した葵は、すぐ向こうに、見知った人の影を捉えた。

「――――兄さん！」

会いたかった。六年前に離ればなれになってから、ずっとずっと会いたかった。

「葵」

蒼志は、その両腕を開いて葵を迎え入れた。蒼志の腕に飛び込んだ葵は、ぎゅうと抱き締められる。至福の思いがした。蒼志の前では、葵は氷の花などではなく、ただの弟に戻ってしまう。

だが、これは禁じられた想いだ。

他人に知られようものなら、すぐに引き離されてしまう。

それでも、葵はもう彼から離れたくはなかった。

「兄さん、会いたかった」

「俺もだよ、葵」

「もう、俺のことを連れていって」

ずっとずっと寂しかった。だから仮面を被り、強い心を演じていた。いつかその演技が、本当のものになるといいと思いながら。

あれから自分はうまく振る舞えているだろうか。

「俺だって、お前と離れたくない。可愛い葵」

優しい口づけが葵の唇に触れる。懐かしさと切なさに、涙が出そうになった。

「でも俺は、もう一度葵のところに戻ってくるから」

それまで待っておいで。

ふわりと腕が離れ、蒼志の身体が遠ざかってゆく。葵は手を伸ばし、兄に触れようとした。

「――兄さん！」

待って。

どんどん離れていく蒼志を追いかけようとするのに、何故だかうまく走れない。

やがて彼の姿は手の届かないところまで行ってしまい、葵はその白い世界に一人取り残される。

――いやだ。

一人の世界は嫌だ。

身をちぎるような悲しみに、葵はそのまま崩れ落ちる。

誰もいない。父さんは違う世界にいる。

ここにいるのは、俺一人だ。たった一人でずっと、死ぬまで。

「───葵」

その時、どこからか声がかかった。驚いて顔を上げると、そこには一人の男がいた。背の高い、野性的でどこか艶のある男。

「葵」

もう一回。葵はまた別のほうを向く。そこには、人懐っこそうな、甘い顔立ちをした男がいた。

彼らは誰なのだろう。

葵はそこに座り込んだまま、二人の男を見上げていた。

「……二十日目」

葵は部屋の引き出しの奥から見つけた一本のペンで、壁の片隅にしるしをつけていた。

もしかしたら正確ではないかもしれないが、昼と夜を数え、自分がここに連れてこられてからの日数をカウントしていたのだ。最初は昼夜の別もつきにくかったが、閉ざされた窓からも入り込んでくる、朝の気配と夜の気配がある。

とにかく父に理由を聞きたいと思い、焦燥に駆られることもあった。

だが今は、それよりも頭が冷えている。もっとも、眠っている時間を除いて、葵が冷静に頭を冷やしていられるのは、一日のうちで半分ほどだ。

あのBEAST達に抱かれると、理性など熱せられたバターのように簡単に熔けてしまう。

おまけに最近は、彼らに絆されてしまったのか、甘い言葉を囁かれると生娘《きむすめ》のように鼓動を乱してしまうのだ。

(これではいけない)

このままでは、俺は俺でなくなってしまう。

愛欲に溺れる、ただの獣に成り下がってしまうだろう。

葵は唇を噛んだ。

窓は固く閉ざされている。だが、外からは微かに音が聞こえることもあった。どうやらこの家の外には車があり、彼らは度々それに乗ってどこかへ出かけていく。そして十分ほど前に、外の車が動いていく音がした。

葵は部屋のドアの前に身を寄せると、家の中の物音を神経を集中して聞き取ろうとした。彼らが会話する声も、物音も、何も聞こえない。一人だけで出かける時も希《まれ》にあるから、そこは気をつけなければならなかった。

（――今は、誰もいない）

それでも細心の注意を払いながら、葵は隠しておいた針金を手に取り、鍵穴に差し込んだ。

この家の中の鍵が、レトロなもので幸いだった。電子錠だったら、どうにもできないところだ。

葵は注意深く針金で鍵穴を探る。解錠の技術は、以前に本で見たことがあった。本当にそんなことができるのかと何回か試してみたら、意外と簡単に開いて驚いたのだ。ちなみにこの針金は、少し前に天牙が服を調達してくれた際に、服の型を整える目的で入っていた。それをこっそり持っていたのだ。

とにかく父に会い、事の次第を聞く。その返答によっては、葵にも考えがある。

鍵の解錠をしている時に、あの二人のＢＥＡＳＴ達の姿が浮かんだ。彼らは、自分がいなくなったと知った時、怒るだろうか。それとも悲しむだろうか。それとも、ただ淡々と、命令を果たそうとするだけだろうか。

葵の胸にちくりと痛みが走ったが、無視をした。

今はただ、ここから出ることだけを考える。

――やがて、ガチリと音がして、錠の中で何かが外れる音がした。恐る恐るノブに手をかけて回すと、手応えがしてドアが開く。

――開いた。

葵はそうっとドアを開け、少しだけ頭を出してあたりをうかがう。家の中は静まり返っていて、誰の気配もない。音の感じから予想をつけていたが、どうやらこの部屋は二階のようだった。

葵はそっと階段を下りる。階下にはリビングとキッチンがあった。キッチンは綺麗に片付いている。おそらく食材の購入のために、出かけていったのかもしれない。リビングには彼らのものとおぼしき衣服が何着かソファにかけられていた。意外に生活感があることに驚く。彼らは、ここで『生活』していたのだ。ヒトと同じように。

「……早く、逃げないと」

彼らはどのように過ごしていたのか。そんな瑣事《さじ》に気を取られそうになってしまって、葵は首を振る。今はそんなことを考えている場合ではない。

玄関を開け、葵は約二十日ぶりに外に出た。そして、屋外の景色を目にして、思わず足を止める。

家の周りは、山に囲まれていた。いや、この家が山の中にあるのだ。

家の前から舗装されていない道が通り、おそらく彼らはそこを車で通ったのだろう。ということは、この道を行けばどこかへは出られる。そうしたら、誰か行き当たった人間に場所を聞き、最寄りの交通機関へ辿り着けばいい。先立つものは持っていないが、どうにかなるはずだ。

葵は道路を行こうとしたが、そこでふと足を止めた。

彼らはこの道を通っていった。ということは、またこの道を戻ってくるのではないか。となれば、下手をすると道の上でバッタリ鉢合わせするという事態も考えられる。大手を振ってここを行くのは危険だ。

葵は少しの間、木立の中を覗き込んでみた。すると、道路からさほど離れていないところに、小さな道のようなものがある。

ここを通っていけば、山を下りられるかもしれない。

葵は迷いなく、その道を行くことに決めた。

木々の隙間から、陽が差し込んでくる。ところどころに咲いている花は、ずっと閉じ込められていた葵の心を癒《い》やした。

――それにしても。

葵は横目に見える道路に注意深く警戒を払いながらも、あたりを見回した。

(ずいぶん遠くまで連れてこられたものだ)

あんな家まで用意して、父は周到に葵を攫う計画を立てていたのだろう。あそこに閉じ込められた時からもう何千回と思っていたが、なんのために、という思いしかない。

(早く戻らないと)

戻った末、もう一度閉じ込められたら？

それを考えると、戻るのも危険なのではないかという思いが頭をもたげてくる。

だが、葵にはそれ以外に道はなかった。

あの夜のラボで、自分はおそらくあのＢＥＡＳＴ達に意識を奪われ、その間にここに連れてこられたのだろう。今度は充分に警戒していれば、まだ打てる手はある。

そんなことを考えていると、道がカーブしているのが目に入った。車が通れる道から離れてしまうが、さっきから下り坂になっている。とりあえず山の麓まで下りれば、どこかに出られるのではないかと思った。

葵はちらりと後ろを振り返る。その時、向こうのほうから車が走ってくる音が聞こえた。こちらに向かっている。

帰ってきた。

早くこの場を離れなければ。

葵はそう思い、今度はためらいもなしに山の奥深くへと分け入っていった。


気のせいか、空気がひやりと冷たくなっていた。

もうどのくらい歩いてきただろう。樹木はいっそう深くなるばかりで、どこかに出られる気配は微塵《みじん》もない。

足元が暗くなってきた。もう陽が暮れてきたのだ。

（まずいな……）

遭難の二文字が頭に浮かんできた。今になって葵は、携帯端末もなく、コンパスもなく、山の中に分け入ってしまったことを後悔し始めていた。

（――――戻るか）

背後を振り返ったが、これでまた変なところに入ってしまったら元《もと》の木阿弥《もくあみ》である。このまま進むしかないのだ。

疲れて痛む足をだましだまし歩いていると、先のほうから水音が聞こえてきた。近寄ってみると、下のほうに沢が流れている。

(助かったかもしれない)

山の中で迷った時は、水辺を探せという言葉が思い浮かんだ。ここを辿っていけば、開けた場所に出られるかもしれない。

萎《な》えていた気力が奮い立ち、葵は先を急ごうと足を踏み出す。

だがその時、足が横滑りし、葵は身体のバランスを大きく崩した。ぐらりと身体が傾《かし》いで、沢のほうに身体が投げ出される。

何かに掴まろうとして伸ばした手が、虚《むな》しく宙をかいた。

――――どうして。

また、山の中で迷子になるなんて。

(兄さんに、今度こそ怒られる)

そう思った直後、葵の身体は沢の中に落下していった。

さあさあと流れる水音が、すぐ近くで聞こえる。

目を開けた葵は、自分が沢の縁《ふち》のすぐ側に倒れているのに気づいた。

「つっ……」

痛みに顔を顰《しか》め、見上げる。恐る恐る手足を動かしてみたが、どこも折れた感じはしない。

足を滑らせたのは覚えていた。では自分は、上から落ちてきたのだろう。葵が倒れていた場所は、腐葉土が沢の水を吸い込んだ柔らかな場所だったのだ。だから大きな怪我をせずに済んだ。

水音は清らかで耳に心地よい。ちょうど木々が開けて、月の光が沢を照らしていた。きらきらと光るそれは、目を奪われそうなほどに美しい。

「――――まいったな」

完全に道に迷った山の中で、夜を迎えてしまった。今頃、BEAST達は葵を探しているだろうか。助かる可能性があるとすればあの二人が自分を見つけてくれることだけれど、まさにその二人から逃げてきたところだというのに、これでは本末転倒だ。

確か昔も、こんなことがあったような気がする。

足を踏み外し、低いところへ落ちた。あの時は、兄が助けてくれたのだが。

その兄も、今はもういない。もう二度と会うことができない。

(罰が下ったのだろうか)

自分がBEASTと呼ばれるプレイロイドに抱かれ、あまつさえ心惹《こころひ》かれ始めているということに。

もう二度と、誰かに心を寄せたりはしないと思っていた。いつか兄のところに行くまで、独りで生きていくのだろうと。

だが、独りは寂しかった。

飢えていた肌のぬくもりを与えられてしまい、葵はひとたまりもなかった。

(きっと、兄さんがここで反省しろと言っているんだ)

それなら、それに従おう。もう父に会わなくてもいい。

疲れた。

歩き通しで、葵の身体はもう二度と立ち上がれないほどに疲労に苛《さいな》まれている。

(ここにいる。ずっと独りで)

そうしたら、兄のところに行けるかもしれない。

瞼《まぶた》が重くなってきて、葵はその長い睫《まつげ》をそっと伏せようとした。

「――服を与えたのは、失敗だったな」

突然その場にそぐわない声が聞こえてきて、葵は目を見開いた。

目の前に突然誰かが下りてくる。月明かりに照らされたそれは、よく知っている姿だった。

「天牙……」

「――やっと見つけた。まったく油断も隙もありゃしないんだから」

そしてもう一人が下りてきて、軽く着地する。

「薫……」

何故、彼らがこんなところにいるのだろう。いや、彼らが葵を探すのはわかる。どうしてここにいるのがわかったのだろう？

呆然《ぼうぜん》として見上げる葵の肩を天牙が掴んだ。彼は怖い顔をしている。怒っているのだ。すごく。

葵は罵倒の言葉を覚悟したが、それは予想しているものではなかった。

「——お前は何回山で危ない目に遭ったら気が済むんだ！　もう二度と、こんな危ないことはしないって約束しただろうが！」

「…………え？」

葵は最初天牙の言っていることがわからず、そしてその言葉を頭の中で反芻《はんすう》する。昔、同じ場面に葵以外の誰かがいた。けれど、その『誰か』を、葵は一人しか知らない。

記憶が蘇《よみがえ》る。子供の頃山の中に入り、こうして斜面から落ちた。危ない真似はもうするなと約束したのは。

「……なんでだ？　どうしてお前が」

「大きくなっても、向こう見ずなところがあるのは変わらないよね」

「——！」

薫もまた、葵の記憶に被さるようなことを言う。

「……わけがわからない」

首を振りながら、葵は可能性を模索した。彼らが口にしたのは、蒼志の記憶だ。だがプレイロイドである彼らが何故、その記憶を持っていたのだろう。

「――そうか。お前達を設計したのは、兄さんか」

合点がいって、葵は顔を上げる。そうであれば、彼らが葵の好きなものを知っていたり、過去の記憶を共有したりすることも納得できる。

BEASTの開発初期には、蒼志が関わっていたのだ。

「そうなんだろう？　もともとお前達を造っていたのは兄さん――緋乃蒼志で、兄さんが亡くなったから父さんがその開発を引き継いだ」

だとすれば、彼らは蒼志の忘れ形見だ。自分が彼らに惹かれた理由もわかる。

葵にそう告げられ、BEAST二人はお互いに顔を見合わせた。薫が、少し困ったように微笑む。その表情は、そう思って見れば蒼志に似ているような気がする。

「とりあえず、家に戻ろうか。せっかく逃げ出したところ悪いんだけど」

薫の手が葵の腕を掴む。

「捕まえた」と、彼は言った。

葵は彼らに連れられて逃げ出したはずの家に戻り、まず風呂に入れられた。泥と汗を落とし、またガウン姿になった時点で、腹が減ったろうと食事を出される。落ち着いたところで、天牙が切り出した。

「まず初めに、俺達の設計に緋乃蒼志は関わっていない。彼が手がけたのは、汎用型プレイロイドだ」

「え――――」

葵は目を見開く。次に薫が口を開いた。

「俺達は、緋乃邦彦博士によって、緋乃蒼志の人格と記憶を元にして造られたんだよ」

葵はその言葉を理解するのに、時間を少々要した。確かに、葵は以前、あまりにも人間と近すぎる彼らに対し、何かベースになったものがあるのではないかと考えたことがある。だがそれが蒼志だとは思いもよらなかった。

「どういう……ことだ……?」

そう口にしつつも、葵は本当に想像してもみなかったのかと自問する。

時折、彼らの言動に対し、蒼志の面影を見ることはなかったか。

葵の頭の中が混乱する。そんな葵を見て、彼らはまた、顔を見合わせた。

「六年前の事故の時に、助け出された緋乃蒼志には、まだ意識があった」

天牙の言葉に、葵は息を呑む。兄は即死だったと聞いていたし、報道もその通りだった。だから今の今まで、そう信じ込んでいたのだ。

「蒼志は死ぬ間際に、緋乃邦彦博士に言った。自分の記憶をプレイロイドに移し替え、人格の根幹としろと」

「な……」

「ところが、当時の技術では、人間一人の記憶を一体のプレイロイドにすべて移すことはできなかった。だから緋乃博士は、俺達二体に、緋乃蒼志の記憶を移植したんだ」

「そして俺達は誕生した。緋乃蒼志の記憶と人格をベースにしてね」

「でも……、でも、どうしてプレイロイドに」

それもＢＥＡＳＴに。

葵はそれが理解できなかった。プレイロイドはいわゆる性的な相手を目的とする。記憶を移植するのなら、介護用のバイオロイドや、あるいは教育用でもよかったはずだ。それなら、葵も忌み嫌ったりはしなかったのに。

「――わからないのか、葵。あんなにいつも側にいて」

天牙が、ふいににやりと笑って告げる。まるで兄が言うように。

「俺達、愛し合っていたろ？」

薫までもが、兄が乗り移ったように告げた。

その時葵は、まるで蒼志が二つに分かたれて側にいるような錯覚に陥った。

「記憶の移植をする時に、どうしても、ある一部の感情というか、本能が肥大してしまったんだ。緋乃蒼志は、葵を犯したがっていたから」

「――――」

葵は言葉を失った。

蒼志は、葵に対してずっと性欲を抱き、それを懸命に抑え続けていたという。

だから、プレイロイドに――――それもＢＥＡＳＴに移植するしかなかったのだ。

だがそれでは、葵は蒼志の欲求そのものをずっと否定し続けていたということになる。

「そんな……」

自分の声が震えるのを、葵は自覚した。

葵はよかったのだ。たとえ兄に抱かれても。いや、むしろそうして欲しかった。血の繋がりという禁忌に苦しみ、葵を傷つけまいとしてずっと堪えていた蒼志の精神は、肉の器《うつわ》を捨てたことによって、抑えられなくなった。それを、彼らの中にいた兄は、どんな思いで感じていたのだろうか。

「じゃあ――――俺は、ずっと」

ずっと兄に抱かれていたということなのか。

「これ、ほんとはしゃべっちゃいけないことだったんだけどね」

「まあ、不測の事態だったんだ。仕方がない」

薫はプロテクトがかかっていると言っていた。あれは嘘か。義体は持ち主に対して嘘をつくことはできない。それだけで、彼らがヒトの心を元にして造られたという証明たりえた。

「……てことは、父さんの目的は……」

父はおそらく、自分達の関係を知っていたのだ。そして若くして亡くなった兄の願いを叶えてやろうとして、彼の記憶をデータとして残した。

しかし、当の葵はプレイロイドを嫌っていた。ここに蒼志の記憶を移し替えたといっても、まずもって信じなかっただろう。

――だが、そんな強引な。

父のそのやり方は一見むちゃくちゃだったが、研究にかまけて、ろくに子供との付き合い方を学んでこなかった男にとっての精一杯の思いやりだったのかもしれない。もちろん、世間的には決して褒められたことではないが、彼にそのような、周りの目を気にするところがあったかと問われれば、否だ。

父と兄は、研究者として気が合っていたところがあった。葵が時たま、嫉妬を覚えてしまうほどに。

「……兄さん、なのか……？」

葵は目の前のＢＥＡＳＴ達を見る。彼らは、容姿も、口調も、そして性格も蒼志には似ていない。しかし、その中に兄の記憶があるのだ。それを思うと、懐かしさと、戸惑いと、そして思慕で胸がいっぱいになる。

「……正確に言えば、俺達は緋乃蒼志そのものではない」

そんな葵の思いをよそに、天牙が重々しく言った。

「もともとの性質が同じものであっても、環境や過ごしてきた時間でその後の成り立ちは違う。ヒトというものはそういうものだ。そして俺達は、そのヒトを元にして造られている」

天牙の話しぶりは、時に理屈っぽかった蒼志の話し方を思わせる。

「だが、その記憶と人格がベースになっていることは事実だ」

「葵のことを、緋乃蒼志がいつから性的な目で見てしまっていたのかはもうわからない。けど決定的になったのは、君がクラスメイトに乱暴されそうになった時だ」

あの時、暴力で傷ついて泣いていた葵を、兄は抱き締めて口づけた。

だとしたら、それは葵のせいだと思った。自分が彼に、禁忌の想いを花開かせてしまったのだと。

「それは違うよ」

でもそんな葵の自罰的な考えを、薫はやんわりと否定する。

「ほんの小さな時から見守って、育てたも同然の葵に過度の執着を抱いてしまったのは、蒼志の責任だ。彼が自分で選んだ恋情と欲望なんだよ」

それを否定したらいけない、と諭され、葵は思わず唇を噛んだ。

そんな葵を見て、薫が困ったように笑う。兄のような表情で。

「……葵だって、君の蒼志に対する想いを、蒼志が自分のせいだ、なんて思ったら、違うって言うだろう?」

「……その通りだ」

葵の感情は、葵自身が責任を持つものだ。それは決して兄のせいなどではない。

「お前達は、兄さんの記憶をベースにされているのかもしれないけど、兄さんじゃない」

だが、まったく違うというわけでもなくて、それが葵を困らせる。

「俺達BEASTは、人格抑制を受けていない」

その出生は甚だしく人工的だけれど、その肉体的な強度や、いくつかの特性を除けば、BEASTはヒトとさほど変わりがない。

「緋乃蒼志の記憶を持っているだけで、俺達にはちゃんと別個の性格がある。だから君が俺達に彼の影を求めるとするならば――――残念ながら、それにはお応えできないよ。他のどんな快楽を与えてあげられてもね」

「そんなことはわかっている」

一瞬だが、葵もそう思ったことがあった。

彼らの中に蒼志の記憶があるのならば、それは蒼志が蘇ったも同じなのではないかと。

けれど、それは違う。

彼らは蒼志の記憶を共有してはいるのだが、それはただのデータなのだ。兄自身ではない。

「でも――少し、懐かしかった」

葵はすん、と鼻を鳴らす。

禁忌だとしても、それは葵の中の大切な痛みで、記憶だ。それを識《し》っている存在が目の前にいるというだけで、自分は救われる。そんな気がした。

突然兄を失ってから、葵は心の一部が突然引きちぎられたような感じがしていて、それは時に耐え難い痛みをもたらしていた。

ヒトは痛みがあっては余裕を持てない。だから葵の表情からは笑みが少なくなり、その痛みを堪えるために取り繕い、澄まし顔を作った。そうしてその果てに『氷の花』と呼ばれてしまった。

「――葵」

天牙に呼ばれ、葵は目線を上げた。

「これは蒼志がお前に当てた最後の言葉だ」

(――兄さんの、最後の言葉)

葵の心臓がどくん、と波打った。

どんな言葉だろうか。聞きたい気持ちと、聞きたくないという気持ちが半々になって葵を引っ張ろうとする。もしも恨み言だったらどうしよう。だがそれでも、自分はちゃんと受け止めなくてはならない。それが蒼志に対する、おそらく最大のたむけなのだ。

葵はきちんと顔を上げて彼らに向き直る。

天牙が薫に目配せをし、そうして彼らは、同時に口を開いた。

「「いつまでも愛している。お前の幸福を、何よりも願っているよ――」」

「――」

それは蒼志の声に聞こえた。

葵は目を閉じて、彼の言葉を繰り返し、繰り返し胸の奥に刻み続ける。

これは大事な記憶として持っていこう。心の奥に、鍵をかけて。

「――ありがとう」

長い沈黙の後、葵が口を開いた。

「これで気が済んだよ」

おそらく彼らは、この言葉を葵に伝えるために造られたのだろう。葵に、前に進めと。そう言い残したくて。

そうして葵もまた、どこかすっきりとした気持ちになっていた。心の奥にずっとかかってい

た、悲しみの雲が少しずつ薄くなっていくような。まだ晴れ晴れとするには、時間がかかるだ

ろう。けれど、陽は確実に昇っていく。

仕方ないなあ。兄さんがそういうのなら、そうするよ。でも、覚えているくらいは、いいだろう？

――――もう泣かないから。

「……葵」

天牙が静かに語りかけた。

「俺はお前のことを守りたいと思っている」

彼は俺達、とは言わなかった。

「あっ……、俺も、俺も！」

慌てたように薫が続ける。

「それは、お前達に与えられた命令じゃないのか？」

命令がそんなふうに言わせているのではないだろうか。

戸惑ったように葵が言うと、彼らは首を振った。

「違う。これは俺の意思だ」

「これまでは、とにかく所有者を抱くだけ抱いて、壊れたらあのラボに戻されて――――。

『道具』でも、別にそれでよかったんだ。調整で眠らされる度、たとえそれで二度と目覚めさせられなくても」

何も疑問は持たなかったと、薫は続ける。

「緋乃博士が、命令を下す時に、俺達に言っていたことがある」

天牙が言った。

『今回のことが、お前達が本当の心を持てるかどうかの、布石となるだろう』

BEASTは機械でできたロボットでもアンドロイドでもない。血と肉を持った存在だ。そんな彼らが心を持てば、それはもうヒトと変わりはない。

「ヒトになれなくてもいいんだ。ただ――この世界に生まれた、意味を持ちたい」

彼らはそんなふうに言った。

それこそが、ヒトたりえる証ではないだろうか。

「そうか」

葵は小さく微笑んだ。

いつの間にか、このBEAST達は葵の肉体と、そして心に消えない痕《あと》を刻みつけている。

「他に、一緒にいたい人間もいないしな」

蒼志はきっと許してくれるだろう。

兄が彼らに心を託した意味。それをちゃんと受け止めなくてはならない。

「――まあ、難しい話はこれくらいにして」

薫が急に話を切り上げ、どこか照れたような顔をした後、葵に向き直った。

「逃げたお仕置きをしないと、だね」

「――――え」

「確かにそれは大事だな」

天牙が立ち上がり、葵の座るベッドへと上がってきた。

「ま、待て」

「そういうわけにはいかないんだよね」

腰で後ずさる葵を、薫が背後から抱き留める。

「悪い子には罰を与えないと」

彼らがするお仕置きや罰など、何をされるのか火を見るよりも明らかだ。羞恥と焦《あせ》りが葵を襲うが、身体が途端に熱を持ち始める。まるでスイッチが入ったようだった。いかに彼らに仕込まれてしまったのかを思い知らされて、悔しさに唇を噛む。

だが、嫌悪はない。

彼らの中に、蒼志の記憶が宿っているからだろうか。

(いや――――多分、そうじゃないんだ)

確かにそれには驚いたが、兄の最後の気持ちを受け取って吹っ切れたような気がする。今ここにあるのは、彼らに対する情のようなものだ。ただ、その情がなんという名を持つのか、今はまだわからない。心の代わりに、身体のほうが正直だった。

「今夜もうんと泣かせてやる」

卑猥な甘い言葉に、葵は喘ぐように呼吸した。


「ひぁっ……あぁあっ……」

自分の恥ずかしい場所で、ぴちゃぴちゃと音がする。

葵はベッドの上で腰を持ち上げられ、脚を広げさせられ、太股が胸につきそうなほどのひどい格好を強《し》いられながら、天牙に後孔を舐められていた。

BEASTによる夜ごとの淫行ですっかり淫乱になってしまった肉体は、肉環をこじ開けようとぬめぬめと這い回る舌の動きにひくひくと悶えている。唾液を押し込むようにされると、媚薬効果のある体液が媚肉をじくじくと犯し、下腹が熱を孕《はら》んだ。

「あ、う、あぁ…んっ、あっ」

上半身では、薫に両腕を一纏めにして頭の上に押さえつけられ、胸の突起を舌先と指で転がされている。繰り返される行為の中、性器のように敏感になってしまった乳首は、もうほんの少しの愛撫にも耐えられなかった。硬く尖った突起をねぶられる度に、胸の先から痺れるような快感が身の内を焦がす。

「うっ、あっ……！」

「……どう？　気持ちいい？」

吸っていた乳首から唇を離して、薫が問いかけてきた。そしてまたすぐにちゅううっと吸い上げられてしまい、葵はあぁっ、と切なげに声を放って上体を反らす。

「あ、き、気持ちいい……っ」

頭の中が快楽にかき乱される。素直になって、肉体の欲求に従うということがこんなに深い悦びをもたらすなんて。

「ああ…っ、ま、前も、して……っ」

そこだけは触れられないままに放置されている屹立が切ない。硬く張りつめたそれは腰が震える度にゆらゆらと揺れて、先端を愛液で濡らしていた。

「もう少し待っていろ。今、ここでイかせてやるから……」

天牙はそういうと、後孔にぴたりと口をつけてじゅううとそこをしゃぶった。

「んぁああっ」

腰の奥がきゅうきゅうと疼いて、切なくて死にそうだった。焦れったい。なのに、死ぬほど気持ちがいい。

「んんあぁあ――……っ」

乳首と後孔の入り口だけを嬲られて、葵は果てた。触れられてもいない前方から白蜜が迸《ほとばし》り、葵の胸や下腹に降りかかる。

「あああ、あああぁ……っ」

激しすぎる余韻に、葵は腰をひくひくと動かした。達している間も、薫に指の腹で乳首を優しく撫でられていて、よけいに感じてしまう。

「いい子、いい子」

お仕置きだと言ったのに、彼はそんなことを囁いた。天牙は葵の脚を下ろし、その膝頭に口づける。

身体の表層だけを舐められていたようなものなので、葵は内側からの焦げつくような肉体の疼きに耐えていた。いや、我慢などもうできなかった。彼らの前で自分の身体を抱くようにし、狂おしく身を捩る。

「は、やく…っ、なんとか、して…っ」

身も世もなくそうねだった時、葵の左右の腕が天牙と薫のそれぞれに捕らえられた。すると彼らはそれを、ヘッドボードへと皮の手錠のようなもので固定してしまう。葵は両腕を拘束されて、不安そうに彼らを見上げた。

「気持ちがいいなら、イかせないで楽しませてやる」

天牙の言葉を合図にしたように、彼らはそれぞれに愛撫を始める。葵の身体がびくん、と跳ねた。

「く、ふう、あ、あ、あ……んんっ」

両の掌がぎゅっ、と握りしめられる。肌を這う柔らかな、優しい愛撫。彼らは慈しむように、その指と唇で葵の肢体を可愛がった。

乳首に触れ、感じやすい腋下や脇腹をなぞり、臍の周りや腰骨をくすぐるように撫で回していく。

その度に息が上がり、全身が震えた。

「くっ、んん、ああっ！」

屹立に指が触れ、後孔にも指が差し込まれる。けれど肉洞を探る指は浅く、屹立は扱かれずにただ指先で撫でられ、くすぐられるだけだった。

「はあ……あ…あ、やあぁっ……」

肉体が弱火でじりじりと炙《あぶ》られていくようだった。気持ちがいいのに、その先にいけない。

「い、イかせ……っ、あ…っ！」

耐えられずに肌が汗を噴く。身体の上の彼らに訴えてみるが、二人とも困ったように笑って、ただ優しくキスをしてくるだけだった。そのキスも柔らかく唇を啄んだり、舌先を絡めたりするだけで、葵の感覚を煽るものでしかない。

「はあっ、あっ、あっ！」

これが仕置きだというのだろうか。確かに、今の葵は、激しく犯されるよりももどかしく焦らされるほうが耐え難い。頭が変になりそうだと思った。

「あ、あぁうう……っ」

屹立の先から零れる愛液が指先ですくい上げられ、先端の粘膜をちゅくちゅくと撫で回される。

腰の奥が引き絞られるような快感に尻を浮かせたが、その指はすぐに離れてしまった。

「あああっ……」

葵の唇から、嘆くような吐息が漏れる。

もっと。もっとして欲しい。ちゃんとそこを弄って。虐めて。

そんな言葉が口から零れたような気がするが、よくわからない。

肉洞の浅い場所を擦り続ける指を強く締めつけたが、その指はいっこうに奥に来てくれなかった。どうして。いつもは届く限りの場所を擦り上げていくのに。

「も、やだぁ…っ、ちゃんと、抱いて……！」

「――勝手にいなくなったりしないいな？」

「……っ」

天牙の声に、葵は何度も頷く。この焦れったさから解放してもらえるならば、どんなことでも聞く、と思った。

「俺達の側にいるね」

「────……っ」

葵は瞼を持ち上げ、潤んだ瞳で見つめた。この、プレイロイドBEASTという不思議な存在。彼らはヒトではないけれども、ヒトと同じように自分の意思を持っている。

そんな彼らが葵を欲しいと言ったなら、それは人間に請《こ》われているのと一緒ではないだろうか。

そう思った途端、身体が痺れるような感覚が奥底から湧き上がり、背筋をぞくぞくと興奮が駆け上がっていく。それは、執着されているという悦びだった。

「……わかっ、た……」

繰り返し教えられていたのは、きっとこの感覚なのかもしれない。お前をずっと欲しがっているという、彼らの。

「もう、逃げない、から……っ」

葵は彼らに屈服したように訴える。屈辱は未だあった。けれどそれらは、甘い屈辱なのだ。

「よく言えました」

薫が音を立てて額に口づけてくる。

「ご褒美に死ぬほど可愛がってやるからな」

「あっ！」

天牙がそう言って、葵の拘束を解放する。背後から身体を持ち上げられ、ベッドの上に両手をつかされた。

そうしてヒクつきながらわななく後孔に凶器の先端を押しつけられたかと思うと、それはすぐに這入ってきてくれる。

「あ…っ、ふぁああ――――…っ」

待たされすぎた肉洞は、ようやっと迎え入れたものに嬉しそうに絡みついていく。身体が望むままに締めつけると、逞しい男根の形に興奮しすぎたのか、それだけで達してしまった。

「あ――――ア…っ」

張りつめて震える前のものから白蜜が弾ける。そこに薫の指が絡みつき、根元から絞るような手つきで扱き上げられた。今まさに達している最中だというのに、裏筋を擦られ、先端を撫で回される。

「あぁぁあっ、ひぃあ、あ」

後ろは後ろで、天牙にその自慢の凶器で、入り口から奥までをじっくりと、何度も抽挿された。これまでさんざんお預けにされていたというのに、いきなりそんなふうに強烈すぎる快感を与えられては。

「や…っああ、ああ、あ…んんっ、ア、いい、いい……っ」

やっと与えられた刺激に葵は啜り泣きながら快楽を訴える。前後からの悦楽に、悶え、腰を振った。

「はあ、あ…っ、お、く…っ、気持ちいい……っあ！」

「奥がいいのか？」

「ん、ん…っ、そ…う、ごりごりって、ア……っ！」

最奥の弱いところを、天牙の男根の先端でぐりぐりと抉られ、まるで身体が浮いてしまいそうな快感にはしたない言葉さえ、漏らしてしまう。未だびくびくと震えっぱなしの葵の屹立は、薫の掌の中でまた先端からびゅる、と吐精した。

「あ…っ、いく、いく……っ」

「可愛いね、葵……。そんなに気持ちいいんだ？」

「あぁあ……っ、あん、んあっ、あ、ひ……っ」

背後から天牙に突き上げられ、前から薫に股間を弄ばれながら耳の孔を舌先で嬲られる。身体中が震えっぱなしで、あまりに簡単に何度も極めてしまう。

「じゃあもっと気持ちよくしてあげるね」

そう言われた直後、ぐい、と上体を引き起こされ後ろへ倒された。天牙と繋がったまま両脚を持ち上げられ、膝の裏を抱え上げられてしまう。

「ああ……っ」

葵はあまりに恥ずかしい格好に泣き声を上げるのだが、今度は驚愕に目を見開いた。

「え、あ……っ！」

まさか、という思いが頭をもたげる。

天牙の男根を呑み込んでいる場所に、薫のそれが押し当てられた。

「なに、して……っ」

「ここに、俺も挿れるんだよ」

信じられないようなことを聞いてしまって、葵は衝撃を受けた。

彼らの凶器は、ただでさえそれぞれが立派な質量と形を誇っている。一本でさえいっぱいになってしまうのに、こんなところに二本も挿入できるはずがないと思った。

「な、あ、いやだ、むりぃ……っ」

それは許して欲しくて、葵は彼らに抱えられたまま、もがいてみせる。けれど宙に投げ出された足が弱々しくばたつくだけで、抵抗できるはずもなかった。ましてや今の今まで、快楽に打ちのめされ、身体中が痺れているというのに。

「心配するな。これまで這入らない奴はいなかった」

「まあ、大抵ここでおかしくなっちゃうんだけどね……。それっ」

凄まじい圧迫感が来たと思ったら、薫の先端がぐぐっ、と中に這入り込んできた。

「うあ――――……っ」

電気を流されたような衝撃が来て、葵は二人に挟まれた身体をびくびくと仰け反らせる。信じられないことに、苦痛はなかった。

「あ、あ、ひぃっ、だ…め、あああっ、はいっ、て、く……！」

ずぶずぶと、容赦なく薫が肉洞に侵入してくる。

「いい子だ。中をめいっぱい広げられて、頭が蕩けそうだろう？」

「あ――――ア、ああひぃ…っ」

天牙の肩に頭を押しつけながら、葵はひいひいと涕泣した。彼の言う通り、薫が奥へ突き進んでくる度に、頭の中が煮立ってとろとろに崩れそうになる。薫が自身をすっかり収めてしまうまでに、葵はまた達してしまっていた。白蜜が滴ってシーツに滴り落ちる。

「――――ほら、這入ったよ」

「……っう、ふ…っ」

完全に二本の男根が肉洞の中に這入ってしまった時、葵の身体は弱い痙攣を繰り返していた。血流に乗って、ずくずくと快感が込み上げてくる。こうしてじっとしているだけでも、また達してしまいそうだった。

「これから二人がかりで、同時に犯してやるからな」

「……っあ、だ、め、あ……っ」

「そんな蕩けた声出して……。大丈夫、すごく気持ちいいだけだから」

嫌だ、と言いたいのに、もうまともな言葉にならなかった。そもそも、自分は本当に嫌だと思っているのだろうか。

「いくぞ」

「────っ、あ！」

二本の男根が、ずるっ、と中で動き出した。その異様な感覚に、全身が総毛立つ。

「ふっ…う、あぁ────…、あ、あ────…っ」

肉洞の感じる粘膜が過激に擦られ、凄まじい快感を運んでくる。葵は一気に絶頂へ追い上げられ、下肢を震わせて達した。

「んぁああ────…っ」

だが彼らは当然のように抽挿を続け、愉悦の波が収まる間もなく、葵は何度目かの極みに連れていかれる。

「ああっやだっ、またイくっ……！　あああっ」

苦痛に変わる半歩手前の快楽が、葵を翻弄し、嬲っていた。二本の男根を呑み込んでいる入り口は彼らが動く度にぐちゅぐちゅと音を出し、白く泡立っている。弱い場所を余すところなく、それも同時に擦られてしまい、許容量を軽く上回る快感が葵の神経を舐め尽くした。

「あ────…ひぃ…うぁぁあ……っ、────〜〜っ」

「どうだ……？　たまらないだろ？」

天牙もまた昂ぶっているのか、乱れた吐息に乗せて囁いてくる。

「あ……あう────…っ、す、ごい、あっ、どくどく、いって……っ」

彼らのものが、体内で強く脈打っていた。その脈動を内壁で感じ取るごとにえも言われぬ快感が込み上げてくる。

「もうすぐ中に出したげるよ……。葵のここに、俺達の精液をたっぷりぶちまけてあげる」

「ああっ、ああっ」

その言葉に昂ぶってしまって、葵は泣きながらかぶりを振った。媚薬と同じ作用のある彼らの精を、ここに出されてしまったなら。

「し、死ん……じゃ…っ」

「大丈夫だ。俺達がうまくやる。ただし、快楽の地獄かもな」

「んんぁ――――…っ」

まるで追い上げるように抽挿が激しくなって、葵は悲鳴を上げる。けれど彼らは葵がどんなに泣き喚いても容赦しようとはしなかった。その間にもいくつもの極みを迎え、頭の中が真っ白になる。天牙が言ったように、本当に快楽の地獄のようだった。

そして、とうとうその瞬間がやってくる。二人が前後で息を詰め、やがて肉洞の奥に夥《おびただ》しい精が叩きつけられた。

「――――っ！」

息が止まり、身体がバラバラになりそうになる。

「んうあぁぁぁああ」

込み上げ、全身に広がる絶頂を、葵はしっかりと受け止めさせられた。

下半身ががくがくと痙攣し、その股間からもびゅくびゅくと白蜜を噴き上げる。

脳髄が焼き切れそうな法悦に、ついに葵は耐えきれず、その意識を手放した。


「────……い。葵」

低い声が自分を呼ぶ。重く纏わりついてくる泥のような眠りを振り切って瞳を上げると、天牙と薫が心配そうに覗き込んでいる。

「正気か？」

「────う、ん」

声が掠れてうまくしゃべれない。軽く咳《せ》き込むと、薫が水のボトルを口元に運んでくれた。

「飲ませてあげようか」

含んだ水を、薫が口移しで口内に流し込んでくる。冷たい水が心地よく喉を潤してくれて、それで葵はやっとしゃべることができるようになった。

「俺、どのくらい……？」

「十分ほどだ。最後にイった後、気持ちよさそうに意識を飛ばしていた」

天牙の言いように顔が熱くなる。最後のほうはよく覚えていないが、自分がどれだけの痴態を繰り広げたのかは把握していた。

熱狂が去ったベッドの上に、葵はなす術もなく脱力して横たわっている。その左右に座る彼らは、まったく疲れてはいないようだ。さすがはＢＥＡＳＴと言うべきか。

「お前はやっぱり――――いいな」

「あっ」

天牙がそう言って葵の背中に口づけてきた。まだ身体が痺れ、鋭敏になっていたので、そんな仕草にさえ感じてしまう。

「こんなのは初めてだ。俺はお前を愛しいと感じるし、肉欲も感じる」

「俺達には感情があって、だからこそ今までの所有者も俺達に夢中になった。でも、俺が夢中になったのは葵だけだったよ」

「ほん、とに……？」

まだ力ない声で訊《たず》ねると、彼らは一様に頷いた。

「でも俺を最初に攫ったのは、父さんの命令があったからだろう？」

「そりゃあ、博士は俺達にとっても父だからな」

「葵は可愛かったから、断る理由はないし」

俺達の中の蒼志も、そうしろ、と囁いた。そんなふうに彼らは告げた。

彼らが父という緋乃邦彦は葵の父だ。であれば、彼らは葵の兄――――いや、弟か？　どちらでもいいか、と思った。

彼らに抱かれているのは、二人の中に蒼志の存在を感じたからなのか。あるいはそれは関係ないのか。

よくわからない。――――ヒトの心は難しい。

おそらく葵の肉体は、もう彼らなしにはいられなくなっているだろう。身体が心に引きずられているのかもしれない。あるいはその逆か。

「なんかさあ。そんなに難しく考えることないと思うんだよね俺は。いいと思った相手と、気持ちいいことすればいいいんじゃね？」

「お前を感じさせることについては、誰にも負けはしないと思うがな」

彼らが言ったことはかなり大雑把だが、真理を衝いているのかもしれないと思った。

――――やめよう。

考えれば考えるほどわからなくなっていく。意識の奥のほうから、それ以上は探るなと警告でもされている感じがした。

「お前達に、いいように変えられてしまったな、俺は」

今では、あんなに取り澄ました顔をして会社で仕事をしていた時のことが嘘のように感じられる。

「構わないだろう？　このまま自堕落に、快楽漬けになるといい」

確かにそれは、ひどく魅力的な提案かもしれない。このまま父のことも、会社のことも忘れて、魅力的な男達と快感に耽《ふけ》って。

彼らの大きな手が髪や肩を撫でてくる。その感触にため息をつきながら、葵は爛《ただ》れた快楽の果てに瞼を閉じた。

「会議は三時からか。間に合うかな」

「少し急げば大丈夫だよ、兄さん」

「だな。じゃあ行こうか、俺が運転する。葵はナビに乗ってくれ」

「わかった」

蒼志に促されて、葵は車のナビシートに乗った。客先から出た二人は、蒼志の運転でハイウェイに乗る。

「思ったより遅くなってしまったな」

「兄さんの話が長いからだよ。先方もすっかり呑まれていた」

「だって、成功させたいだろう。長年の研究なんだ」

「……プレイロイドか」

「なんだ。葵はやっぱり気が乗らないか？」

ハンドルを切りながら、蒼志は小さく笑って言った。今日は比較的道路が空いている。これなら、会議には充分に間に合いそうだった。

「だって、何もそんな、下世話な用途のバイオロイドを開発しなくても……」

「葵は潔癖だな」

「――そ、そういうわけじゃないよ」

なんだか自分がひどく了見の狭い人間のようで、葵は少し慌てる。

「今の世の中には、恋愛をしたくても相手ができないヒトも多いだろう」

もうずっと前から出生率は低下し、生涯独身で過ごす人間の割合も増えていた。ヒトが恋愛や結婚に対する興味を失ったのだ、とも言われているが、近年それに対し、性犯罪率だけが、じりじりと増加を始めている。

「皆、自分が傷つくことを恐れているのに、凶暴な欲望だけが膨らんでいるんだ。だからまず、性に対するコミュニケーションの訓練をしなければならない。そのためのプレイロイドさ。それをはけ口にしてもいいし、自信をつけて人間を相手にしてもいい」

「――でも、それで人間をそっちのけにしていたら、ますます子供は生まれなくなってしまうんじゃ?」

「人間よりもプレイロイドを選ぶヒトが、プレイロイドがいなくなったからといって人間を選ぶとは思えないよ」

「そうなのかな……」

葵には、まだよくわからない。

ちらりと横目で蒼志を見た。

彼は葵のことを想ってくれると言っている。けれど、自分達が結ばれるのは現実的に難しいだろう。

「葵はやっぱり抵抗あるか？　プレイロイドとセックスするのは」

「はっ⁉」

いきなりそんなことを聞かれて、思わず動揺してしまう。

「な、なんでそんなこと聞くんだよ。だって、俺は……」

「――そうだな」

蒼志は前を見たままで、小さく笑った。

「本当は俺のためなのかもしれないな」

「――え？」

蒼志が呟いたその言葉の意味をもう一度訊ねようとした時。

カーブを曲がって、向こうから逆走してきた大型トラックが視界を塞いだ。

「――っ」

「どうした、葵？」

「悪い夢でも見た？」

突然目を覚ました葵に、隣で寝ていた天牙と薫が怪訝そうに声をかける。

「葵？」

「あ、ああ……、大丈夫だ」

夢を見ていたのだろうか。そんな感覚はあった。何か、とても大切な、懐かしいような場面だった。

けれどそんな大事な場面だったなら、どうして覚えていないのだろう。

何か胸騒ぎがした。いてもたってもいられないような。

そうして葵は、あることに気がついた。

「……天牙、薫」

「ん？」

「なんだ」

二人の獣達が、葵に呼ばれて身を寄せてきた。

「父さんのところに戻ろうと思う」

先日までとは違う、落ち着いた、冷静な口調に、彼らは一瞬黙り込んだ。

「もう、帰る頃合いだ。そうだろう?」

葵がそう告げると、彼らは顔を見合わせ、肩を竦める。

「ああ……、そうだな」

「あーあ、楽しかったのになあ」

意外にも、彼らもそれまでとは違い、あっさりと了承した。二人の間にも、何か変化があったのだろうか。

いや、おそらく違うだろう。葵が変わったから、彼らも頷いたのだ。

これまでは、父が何を考えているのか皆目見当がつかず、ただ理由を聞きたいだけだった。

だが今は違う。きっと父は、葵が『変化』するのを待っていたのだ。それを彼らも見届けたので、この奇妙な監禁生活を終わりにすることにしたのだろう。

夢で見たのは、断片的な記憶だろうか。それとも、ただの夢なのか。

葵は手が震えてくるのを、彼らの前からそっと隠す。

自分が父に会いたいのかそうでないのか、葵には判別がつきかねた。

「――ずいぶん遠くまで来てたんだな」

葵は車のシートの後部座席で、半ばうんざりしたような口調で呟いた。

「お前を攫った日は、時速百八十キロであそこまで飛ばしていったからな」

天牙が運転席でやや得意げに言った。今回はもっと安全運転で行くので、四時間ほどかかるという。

このBEAST共は車の運転も達者らしい。

（――それにしても）

自分があの家に閉じ込められてから、およそ一ヶ月ほど経っていたようだ。葵は流れていく景色を眺めながら、妙な焦燥感に囚われていた。

この違和感はなんだろう。

まるで、自分が自分でないみたいだ。

「次のSA《サービスエリア》で休憩するぞ」

「休憩？」

「半分まで来たからな。薫と交代する」

「ああ……」

ＢＥＡＳＴにヒトと同じような休息が必要なのかわからないが、彼らが必要とするならそれを止める権利はない。正直このまま行って欲しかったが、理由を聞かれるとうまく話せる自信がなかった。

車はＳＡへと続く車線へと入っていく。今日は休日らしく、パーキングは人で溢れていた。家族連れの姿が目に入り、葵はふと昔を思い出す。

いつも研究で忙しかった父だったが、ドライブに連れていってもらったこともある。

（あの時は嬉しくて、ずっと窓の外を眺めていたっけ）

「何か食い物買ってくる。お前も行くか？」

「いや、ここで待ってる」

「そうか」

そう言うと、天牙は薫を伴ってＳＡの建物を目指し歩いていった。すれ違う若い女性達が、彼らのほうにちらほらと視線を送っている。当然だろう。彼ら二人は、ヒトの、特に異性の目を惹くようにできているのだから。

――この先、あいつらと一緒にいるのかな。

葵はあの熱い夜を思い出す。快楽に屈服させられ、共にいると言わされた甘い屈辱。

そんな未来を思い描いても、不思議と嫌ではなかった。彼らの中に、蒼志の記憶があるからだろうか。

でも、自分は人間で、彼らはプレイロイドだ。今はよくても、そのうちきっと齟齬《そご》が出る。

だが正直なところ、今は彼らと離れたくはなかった。あの熱い腕で抱き締められる心地よさを知ってしまったから。

「――はあ」

我ながら浅ましいことだと、葵はため息をついた。もしも父に訊ねたら、その答えも教えてもらえるのだろうか。

その時だった。コンコン、と、窓を叩く音がした。

葵が顔を上げると、車の外に男が一人立っている。彼は葵に向かって、何か話しかけているようだった。しかし、よく聞こえない。

「――なんでしょう?」

リアウィンドウのボタンを押し、窓を開ける。

シュッ、と息が抜けるような音がして、何か霧のようなものを吹きかけられた。

目の前が暗くなる。

葵は何が起こったのかわからずに、シートの上に倒れ込んでいった。

薬品の匂いがする。

ここは病院だろうか。頭が重くて、うまく思考が回らない。ズキッと鋭い頭痛がして、葵は思わず呻いた。

「……う……」

「気がついたようだぞ」

なんだか、これと似たシーンがあったような気がする。だが、今度のそれはどこか不快だった。聞こえる声も耳障りで、悪意を感じる。

「……っ」

それでもなんとか目を開けて見ると、そこはどこかの研究室のようだった。いくつもの機械が動いている音と、妙に明るい白い壁。

（ここは――医局？）

思考が回り始めるようになると、葵はそこがどこなのかようやく思い出した。

ここは、いつも自分が身体のメンテナンスを受けている、会社に併設された医療施設だ。

（――どうしてこんなところに？）

「お久しぶりです、副社長」

「……お前、は……」

声をかけてきた人物に、葵は見覚えがあった。

「深瀬……？」

「はい、そうです」

深瀬は葵の秘書を務めていた男だ。会社のほうはどうなった、と聞きたくて起き上がろうとした葵は、そこで初めて自分が拘束されていることに気がついた。

「な……！」

両手がベッドの柵に繋がれている。そして更に、部屋の中に何人かの男達がいることにも気づいた。その中には、見知った者も何人かいる。

自分は、確かあのＳＡで彼らと一緒にいたはずだ。彼らを待っていて、それから、誰かが車の窓を叩いて……。

天牙と薫はどうしただろう。今頃、必死で自分を探しているのだろうか。

「――お前達は」

葵は部屋にいる男達を見た。

地下室のラボで働いていた者だろう。全員、バイオロイドの研究をしている。

「これはいったいどういう状況だ」

今すぐこの拘束を解け、と葵は彼らに厳しい口調で告げる。だが一番近くにいた深瀬は、葵のことを粘っこい視線で見つめて笑う。ぞくり、と、背筋に悪寒が走った。

「あまり高飛車に出ないほうがいいですよ」

「何を言っている。父は——緋乃邦彦博士はどこだ」

部屋の中には父の姿は見当たらないようだ。それでは、今回の拉致は父の仕業ではないのだろうか。

「博士には、別室に入っていただいてます。あの方はもはや、我々の研究には邪魔なのでね」

「……研究？　なんの研究だ。それはこの狼藉《ろうぜき》と関係があるというのか」

葵はどうにかしてこの拘束が外れないかと、がちゃがちゃと鎖のついた腕を動かしながら言った。

「もちろんです副社長。あなたは素晴らしいサンプルなのですから」

「——」

深瀬の言葉に、葵の動きが止まる。鎖の音も、そこでぴたりとやんだ。

「——サンプルだと？」

「ここからは、私からご説明いたしましょう、副社長」

深瀬の陰から、小太りの男が出てきてもったいぶったようにしゃべり出す。この男も父の下で働いていた研究員だ。確か、伊藤《いとう》という名前だ。

「副社長。僕は実に感激しています。あなたのような、美しく見事な成功例が出来上がるなんて」

「回りくどい言い方はよせ」

大仰な話し方に、葵は苛立《いらだ》ちを募らせる。妙に芝居じみた話し方が癇《かん》に障った。

「……わかりました」

伊藤はかけていた眼鏡を押し上げ、わくわくするような顔をしてから話し始める。

「副社長。──端的に言うと、今のあなたは厳密な意味では人間ではありません」

その言葉の意味を理解するまでに、葵は少しの時間を要した。

「……なんだと？」

伊藤が冗談を言っているのだと思った。あるいは、何かわかりづらい例え話か。

「全然端的じゃないな」

葵はこれまでに、人間以外の何かになった覚えはない。あのＢＥＡＳＴ達は葵にとって側に置いておきたい存在になったが、だからといって葵は人間でしかありえない。

「なるほど。では。もっと噛み砕いてご説明しましょうか。──副社長は、プレイロイド開発にあまり乗り気ではなかったから、その義体の性能をよくご存じではないでしょう」

「…………」

「少し前まで、あなたが行動を共にしていたタイプＢＥＡＳＴ。あれはね、非常に優秀な義体です。だが少しだけエキセントリックというか、危険すぎる。所有者を抱き潰してしまうという欠点があるのでね。それに目を瞑《つむ》れば、とてもおもしろいのですが」

「何が言いたい」

「つまり、我々はもっと安全な義体を造り出す必要があったというわけですよ」

伊藤はそこでいったん言葉を切り、次にはっきりと、言葉を句切るように葵に告げる。

「プレイロイド、タイプ『BABY《ベビー》』――。BEASTが抱く側なら、BABYは抱かれる側というわけです」

「……はっ…?」

意味がわからない。葵は軽く混乱をきたした。

「所有者が抱くほうのプレイロイドなら、すでに汎用型があるだろう」

「そこなんですよ」

伊藤はよくぞ聞いてくれたとでも言うように、身を乗り出して続けた。

「今商品ラインに乗っているものは、やはり抱き人形という感が否めない。そこで特別なプレイロイドを造ろうと開発が始まったのは八年前です。BEASTのほうが、BABYより後から開発されたにも関わらず、あのような立派な義体が出来上がりました。――あなたの兄である、緋乃蒼志博士のおかげですよ。彼の記憶をベースにすることによって、独立した意思を持たせることが可能になったんですからね」

だがもうひとつのほうは、理論は確立しているものの、なかなか出来上がらなかったらしい。

「しかし我々は考えを改めることができました。副社長」

「……やめろ、伊藤」

その先を聞きたくない。聞いてはいけない、という声が頭の中から響いてきた。

記憶の断片が頭の中に浮かび上がる。

それは記憶なのか――？　夢ではないのか？

けれど伊藤はお構いなしにその先を続けた。

「抱かれるほうには、人間の感受性が必要だったんですよ。けれど我々にはそれが理解できなかった――。しかし、さすがは緋乃博士。ああ、社長のほうです――。あの方はやってくれましたね。その頭脳は嫉妬に値しますよ」

「やめろ」

根幹がひっくり返される。これまで信じてきた、当たり前だと思っていた記憶が。

「ＢＡＢＹの構築には、本物の人体のベースが必要です。副社長、あなたですよ。あなたこそが、ＢＡＢＹのプロトタイプだ」

「――嘘だ！」

葵は叫んでいた。

「俺がプレイロイドだっていうのか!?　それじゃあ改造されたとでもいうのか!?　いつのこと

だ。俺にはそんな記憶は――――」

そこまで言った葵は、ふいに口を噤んでしまった。

いつかの夜、妙な夢を見なかったか？

兄と二人で車に乗り、ハイウェイを走っていた。すると、逆走してきたトラックが突っ込んできて。

いや、違う。それは夢だ。

あの車には、俺は乗っていなかった。だから、事故に遭ったのは兄さんだけで。

「――――思い出したんじゃないですか」

その時、伊藤に代わり黙っていた深瀬が、ふいに声を出した。

「六年前の不幸な事故、あの車に乗っていたのは、緋乃蒼志博士だけじゃない。緋乃葵副社長、あなたもです」

葵の顔が、衝撃に色をなくしていく。

「う……そだ。そんなはずはない」

「では、お兄様が事故に遭われた時、あなたは何をしていましたか？　ご葬儀の時の様子を、思い出せますか？」

「も――――もちろんだ、それは」

葵はその時のことを話そうとして、愕然《がくぜん》としたように声を失った。

（――――思い出せない）

記憶が、ない。

そんなはずはない。あの時は、連絡を聞いてひどく驚いたはずなのだ。慌てて病院に行こうとして――――。

（いや――――誰から連絡を受けた？）

どこの病院に行こうとしたのだ？

思い出そうとしてみても、そのあたりの記憶が一切抜け落ちていた。

（きっと、その時のショックで思い出せないいだけだ）

葵はそう思い込もうとした。

しかし、あれから六年、どうして一度もそのことに思い当たらなかった？

忘れたのではなく、最初からなかったのではないか？

恐ろしい感覚が全身を駆け抜けていく。それまで当然だと思っていたものが、がらがらと崩れていくような心許なさがあった。

「六年前、お二人の乗った車が事故に遭われた時、蒼志博士は非常に危険な状態にありながら、ご自分の記憶を義体に移すことによって、その人格を確立させました。だが、あなたのほうはもっとひどかった」

救急隊員が葵の姿を見た時、これはもう駄目だと即座に判断するほどにひどい状態だったという。

二人の身体は秘密裏に病院からラボへと運ばれた。

そこでは、兄の記憶からＢＥＡＳＴの人格が構成され、葵の人体情報から、ＢＡＢＹの肉体が新たに構成された。

葵が自身の記憶をほとんど持っているのは、ＢＡＢＹの構成情報を用いて、その身体を修復したような形だったからという。それは一人の人間を丸々造り直すような技術で、成功するかどうかの可能性は低かった。

「我々も半信半疑でした。ですが、奇跡は起きた」

葵の壊れた身体の構成情報はＢＡＢＹのそれと見事に結びつき、葵は奇しくも蘇ることとなった。その美しい造形をそのままにして。

だが葵の肉体はそれまでの肉体とは違う。男に抱かれるための、淫猥な身体となったのだ。

「邦彦博士は、そのことをあなたに伝えなかった。まあ、無理もありません。いくら命を救うためとはいえ、ご自分の息子が、性欲処理の抱き人形となったのですから」

葵はそのまま何も知らずに、六年も過ごしていた。

自分と同じ仲間である、プレイロイドを嫌悪しながら。

「俺は……ＢＡＢＹに……」

足下の礎《いしずえ》が完全に砕け、葵は宙へと放り出される。落ちていくのは、どこなのか。

怖い、と思った。

自身の存在の心許なさが、こんなに不安定な気持ちを呼び起こすなんて。

（天牙――――薫）

彼らは、こんな気持ちになったりはしないのだろうか。

最初からプレイロイドとして生まれてきた彼らならば。

「私があなたの秘書として側にいたのは、あなたの変化や行動を見守るためですよ。何しろ初めての成功例でしたからね」

「……それなら、今回ＢＥＡＳＴに俺を攫わせたわけは……？」

明らかに精彩を欠いた声で葵が訊ねると、伊藤は肩を竦めた。

「あれは邦彦博士が勝手にしたことです。いくら社長とはいえ、貴重なサンプルを勝手に使用されて、我々も迷惑しました。居所を突きとめ、こうして取り戻すのにどれだけ苦労したことか」

凍りついたような瞳で見てくる葵を、伊藤は嬉しそうに眺めた。

「まあ、ともあれ、こうしてＢＡＢＹは我らの元に戻ってきた。――――どうせ、ＢＥＡＳＴにさんざん抱かれたんでしょう？　我々も使い勝手を確かめさせてもらおうではないですか」

周りにいた男がじり、とにじり寄ってくる。最悪の予感に、葵は逃げようとした。だが、手首の拘束具が葵の身体をベッドに繋いでいる。

「やめろ、俺に――触るな！」

「そんな目で睨んでも駄目ですよ。あらゆる欲望を受け入れる究極のプレイロイドＢＡＢＹ――。それが今のあなただ。ＢＥＡＳＴに抱かれても壊れなかった。それが何よりの証拠です」

「――」

その言葉に、頬を張られたような衝撃を受けた。

これまで幾度も所有者を壊してきたといわれていた天牙と薫に、葵はそれこそ様々な行為をされた。だがそのすべてを、葵は泣き喚きながらも快楽として受け入れていた。おかしくなる、と訴えながら、終わればきちんと正気を保って。

無茶だと思った二本差しすら、この身体は貪欲に食い散らかした。

彼らはこのことを知っていたのだろうか。知っていて葵を抱いたのか。

自分がもはやヒトではない存在だということよりも、あの二人が何を思って葵を抱き続けたのかという想いで身動きがとれなくなる。

――さぞ、滑稽《こっけい》ではなかったのだろうか。

自分達と似たような存在のくせに、ヒトだと思い込んで、ヒトの振りをして。

そして何を思って、葵を欲してくれたのだろう。

「……ふ」

すとん、と、葵は急に状況を理解した。否定したくとも、何もかもが腑に落ちてしまってはどうしようもない。

すると何故だかおかしくなってしまって、葵は笑いを漏らした。

（そうか。俺はもう、人間じゃなかったのか）

激しい衝撃に駆られたが、今はもう、思ったほどの落胆は感じていなかった。ただ少しの寂しさと悲しさだけがある。まるで世界を隔てられてしまったような感じ。

（――――抱かれることに特化した『ＢＡＢＹ』か）

「どうした。急に大人しくなったな」

「今からされることが、嬉しくてたまらないんじゃないのか。そういうふうにできているからな」

嘲《あざけ》りと欲望の眼差しを向けられ、少し前までは副社長として慇懃《いんぎん》に接していたにも関わらず、この男達が葵に対し一切の敬意も抱いていないことを知る。

心の奥では皆、何も知らない葵を馬鹿にしていたのだろう。抱き人形のくせに、と。

「どうしました、副社長」

深瀬が葵の顎を捕らえ、覗き込んでくる。男の目の奥を葵がじっと見返すと、彼は急に慌てたように目線を逸らした。

「どうした」

「いや、なんというか……、気持ちを持っていかれそうになるな。さすがは『すべて受け入れる』というだけある」

苦笑を浮かべながら言う深瀬に、周りの男達から笑いが上がった。

(好きにすればいい)

どうせそのための肉体なのだと、葵はどこか自棄《やけ》な気持ちで男達の前に身体を投げ出す。

着ていた服が剥《は》がされ、肌が露わにされる。晒された葵の肢体を見て、男達が息を呑む気配がした。

「ラボで見た時はそうでもないと思っていたが、こうしてベッドに縛りつけられているのを見ると、なんともそそるな」

「いやらしい身体をしている」

「……んっ」

四方八方から男の手が伸びてくる。それらに肌の至るところを触られ、撫でられて、快感が蛇《へび》のようにぞろりと頭をもたげてきた。

「BABYは快感を我慢できないらしいな。BEAST共にそうなるように教えてもらったのか?」

「ふっ……あっ」

胸の突起を摘まれ、弄ぶように転がされて、覚えのある快感がやってきた。両側で乳首をくりくりと揉まれると、くすぐったいような、痺れるような刺激がその突起を硬く尖らせる。

葵の意思とは無関係に、その身体は快感を悦んだ。覚悟はしていたが、その事実に軽い目眩を覚える。

（悔しい）

このまま、男達の思うように屈服させられるしかないのだろうか。

一度は放棄しようとした自尊心が、まだ捨てる時ではないと葵の元から離れない。まだ、俺にしかできない戦い方があるはず。

「あ、あ……、だめ」

悩ましげに眉根を寄せて、葵は濡れた吐息を唇から漏らした。

『ＢＥＡＳＴ』と『ＢＡＢＹ』。

抱いた人間を壊すといわれている彼らの対となるのが自分であるならば、葵とて、抱く人間を翻弄できるのではないだろうか。

そんなことを思った時、葵の腰が自然と媚びるように蠢いていた。

演技ではなく、本気で感じながら、男を破滅させる『ＢＡＢＹ』。

「感じ、る…っ、そんな、弄らないで……っ」

「おお、感じるのか。もうビンビンに尖っているからなあ。それなら、こうしてやるぞ……、どうだ？」

　男達の指が、凝った乳首を細かく弾くように刺激してくる。

「……あっあっ、くすぐっ、たいぃ……っ」

　背中が仰け反り、泣きそうな声が漏れる。男達がいっせいに興奮するような、荒い息遣いが聞こえてきた。ごくりと喉を鳴らす者もいる。

「もっと感じさせてやるぞ！」

　その声が合図になったように、男達はいっせいに葵の肢体にむしゃぶりついてきた。それまで指で嬲られていた乳首はしゃぶられ、舌でねぶられる。腕は顔の横に上げられていたので、無防備になっていた敏感な脇腹も腋下にも舌を這わされた。

「あああっ……！」

　感じる場所を一度に刺激されてしまった葵は、身体をくねらせて声を上げる。身の内を駆け抜ける快感から逃れようとするのを、男達は許さなかった。

「駄目だ。弄くられてどのくらい気持ちいいのか、ちゃんと教えるんだ。これはテストなんだからな」

「あっあっ…！　す、ごく、気持ちい……っ」

　嘘ではなかった。葵は本気で感じている。今だって、柔らかな腋下を舐め上げる舌や、小さな臍の中をくすぐる指など、頭の中がかき回されそうなくらいに感じていた。

　だが、男達は葵を追いつめてはこない。

BEAST達に抱かれた時のように、このまま行ったら、快感で殺されるのではないかと思うほどの戦慄が感じられないのだ。

「そうかそうか。今、一番たまらないところをしゃぶってやるからな」

「――――あ」

両脚が大きく開かれる。その脚の間は、刺激に硬く張りつめて頭をもたげていた。先端は透明な愛液に濡れて卑猥に光っている。その物欲しげなものを、口の中に咥えられ、吸われた。ねっとりと舌が絡んでくる。

「ん、んああっ、そ、こ、よわいっ……」

それは弱いからやめてくれと訴えると、男はますますいやらしくしゃぶってきた。先端を剥かれ、露わになった粘膜を舌先で嬲られると、ひいっ、と声を上げて仰け反ってしまう。

「あ、ん――――っ！」

「どうだ、もうイきそうか？」

「あ、イくっ、いくっ…！　ふ、うう、――――…っ！」

葵の腰がぐぐっ、と上がった。それはがくがくと痙攣しながら、男の口の中に白蜜を弾けさせる。

「あぁ…っ、で…るっ」

達している間もぢゅうぢゅうと吸われ、その間も休む間もなく身体中を愛撫されて、葵は嬌声を上げながら身を震わせる。

「これがＢＡＢＹの精液か……。不思議な味だな」

「あっあっ」

男がそう言いながらも葵の達したものをぺろぺろと舐め続けるので、よけいに感じてしまった。

「イったばっかり…っだから、ふああっ」

「達したばかりで弄られるのはつらいか？」

「か、感じ…すぎっ、あ、あっ」

天牙と薫の二人も、葵が極めてもお構いなしに鋭敏になった身体を責めてきた。葵はそうされると、いつも泣きながら『許してくれ』と腰を振り立ててしまう。けれど、彼らがそれで許してくれたことはない。葵は夜ごと、快楽地獄に突き落とされるのだ。

葵のものをしゃぶる男が名残惜《なごりお》しげに顔を上げ、別の男に代わる。彼は双丘を割り開き、その最奥に指を潜り込ませてきた。

「今度は尻の具合を確かめてやる」

肉環をこじ開けられて、男の指が這入ってくる。ツン、とした刺激が、媚肉を支配し始める。

「いきなり挿れても大丈夫なようにできているんだろう？」

「そのはずだが、ちゃんと慣らしてやったほうが副社長も悦ぶだろうと思ってな」

彼らは敬称をつけたまま葵を呼んだ。そうやって逆に葵を卑下し、研究対象だと嬲っているつもりなのだろう。

「見ろよ。とろんとした顔をして……。唾液まで垂らしている」

「さしもの『氷の花』も、ＢＡＢＹの身体には勝てないってことか」

「どうだ、悔しいか？」

「や、ああ…あ、あ…うぅっ」

言葉で嬲られ、葵の神経に興奮が走った。内壁を探る指が、くちゅくちゅと音を立てている。時折それが弱い場所を擦ってくるのに、飛び上がるほどに感じてしまった。

汗ばむ肌、濡れる秘所。彼らによって暴かれた男に抱かれるための機能が、惜しげもなく晒されていく。

「はあ、ああ、はあ……っ」

欲しい。この奥に、男が欲しい。

奥まで突き入れられ、思うさま擦って欲しい。

そんな欲求が湧き上がって、葵は力の入らない片脚をどうにか男の腰に絡ませた。

「ん？　挿れて欲しくなったのか？」

「ん……っ」

葵が濡れた瞳で男を見上げると、その目の色が変わり、慌てて衣服を寛《くつろ》げる。

てきた。

奥まで。そう囁くと、男根の切っ先が後孔の入り口にねじ込まれ、それが一気に押し這入ってきた。

「い、いれ…て」

「んう――……っ」

挿入の衝撃に、葵の背が弓なりに反る。股間のものからは白蜜が弾け、挿れられただけで達してしまったことを表していた。

「挿れられただけでイったのか。よっぽど気持ちがいいんだな」

「あっ！　あっ！」

激しく揺さぶられ、たった今吐き出したばかりのものも別の男の手で扱かれて、強烈な快楽が腰から背中へ、そして全身へと広がっていく。

「ああ――……っ、あっ、あっ、おくっ、あ、いい…っ」

入り口から奥までを突き上げられて、ぞくぞくと身体が震えた。この瞬間がたまらなく、いい。中で脈打つそれをきつく食い締めると、犯している男から苦痛にも似た呻きが漏れた。

「うっうっ……！　だ、出すぞっ！」

「はあぁっ、なか、出して……っ、んっ、ん――……！」

肉洞の奥に男の精が叩きつけられ、その衝撃で葵はまた絶頂へと達する。わななく肢体が、激しい余韻にぴくぴくと震えていた。

「まだ満足していないだろう」

すぐに股間の男が代わり、別のモノが後孔にねじ込まれる。新たな快感に、腰がぶるぶると揺れた。

「あっあっ――――！」

その男もまた、葵の中に強く腰を打ちつけ、獣のような声を上げて肉洞の中に精を放つ。男達はまるで何かに取り憑《つ》かれたように、飽くことなく葵を貪った。二巡、三巡と繰り返され、その度に肉洞の中に吐精するので、やがて後孔から白濁が溢れてくる。

「はっ、あっ、ああ……っ」

男達に犯される度に、葵はしなやかな背を仰け反らせ、たまらなくなってその首を打ち振った。いい、いい、と泣き、もう駄目だ、と弱々しく抵抗するような素振りさえ見せる。

そんな葵の媚態に、男達は理性を失ってしまったように貪り続けた。出るものも出なくなり、硬度も失ってしまったものを、再び葵の肉洞へ突き立てんとする。彼らは――――、深瀬も、伊藤も、皆ぜいぜいと肩で息をしていた。

そのうちその中の一人が、胸を押さえ、うっと呻いてその場に倒れ込む。

「お――――おい、大丈夫か」

「やばいな、こいつ……きりがない」

彼らはようやっと葵の肉体の底なしの欲望に気づいたらしかった。もうやめなければ、と思っているらしいが、あと一回だけ、と、その甘美な味を試すのを止められない。先ほどの男は、多分心臓がもたなかったのだろう。

「――――そのへんにしておいたほうがいいぞ」

ふいに部屋の入り口の方向から声がして、男達は我に返ったように慌てて視線を投げた。

「そいつの相手をできるのは俺達だけだ」

「まじな話ね。腹上死したかったら別だけど」

「――――あ」

沸騰した思考の中で、葵は思わず瞠目《どうもく》する。

そこにいたのは、天牙と薫の、二人のＢＥＡＳＴ達だった。扉を壊したのか、錠のあたりが黒く焦げついていている。

「返してもらうぞ。そのＢＡＢＹは、俺達のものだ」

天牙と薫が堂々とした足取りで部屋の中に踏み込んできた。男達はようやっと状況を把握したのか、ずり降ろした衣服を慌てて身につける。

「こ、ここがどうしてわかった」

「俺達には互いのいる場所がわかるようになってんの。ＧＰＳ的なアレ？」

「そんな機能は実装されているはずが……！」

伊藤がはっとしたような表情をした。

「緋乃博士か」

「そういうことだ。急ぎだったので、いまいち調整不足で、時間がかかったがな」

天牙は葵が横たわるベッドに視線を移し、それから白濁にまみれた下肢を見て、その犬歯を剥いてみせた。

「――やってくれたな」

その凶悪な面構えに、男達は一瞬怯《ひる》んだようだった。だが素早く立ち直ると、何人かが銃を取り出し、二人に向かって構える。

「いくらＢＥＡＳＴといえども、銃には勝てんだろう。強化されているとはいっても生身の肉体だからな」

「――天牙、薫！」

葵は思わず彼らの名を呼んだ。今ここで彼らが死んでしまったら、自分は兄を二度失ってしまうことになる。それに、何より、彼ら自身を失いたくなかった。あの閉ざされた家の中で、体当たりで繋がろうとしたくれた男達。

その場に一瞬、緊張した空気が走る。しかしその直後、視界から二人の姿が見えなくなっていた。

――え？

次に、肉を殴打する鋭い音。男の悲鳴。倒れる気配。

そんなものが聞こえた後で、ようやく状況が理解できた。彼らの足元で、男達が呻きながら転がっている。葵は、父がこの二人に、敵を倒す力をも与えたことを、その時に理解した。

「――大丈夫か」

天牙が葵の繋がれているベッドに歩み寄り、両手の拘束具を外してくれる。ようやっと腕が自由になり、彼の逞しい腕で抱き締められた。

「――無事でよかった」

「うん」

葵もまた、そう思っていた。この身がいくら使われようと構わない。ただ、彼らが無事であればそれでいいと。

「さあて、さっさと白状しないと、精液だけじゃなくて脳漿《のうしょう》もぶちまけることになるぜ」

薫が男から奪った銃を、深瀬の右目のあたりに押し当てていた。

「緋乃博士はどこだ。緋乃邦彦博士だよ」

「ぐ……っ、そ、それは…っ」

深瀬が言い渋っていると、薫は更に強く銃口を押しつける。右目が強く圧迫され、深瀬が苦痛の声を上げた。

「早く言えよ。お前なんか虐めてても楽しくもなんともないんだから」

薫の声はいつになく低く響いていて、彼が苛立っていることを表している。さすがに通じたのか、深瀬は情けない悲鳴を上げると、父が軟禁されている場所を白状した。

「ありがとうな！」

「ぎゃっ！」

情報を聞き出した薫が深瀬を蹴り上げ、昏倒させる。今この場で意識のあるものは、彼らと葵の三人だけになってしまった。

「聞いたか天牙」

「ああ。早く助けに行くぞ」

天牙が葵を抱き起こしながら告げる。動く度に、葵の後孔に注がれた大量の精液が、ごぷっ、と音を立てて溢れた。

「……っぁ」

「あああ、めちゃくちゃやられたね」

近寄ってきた薫がベッドのシーツを紙のようにちぎり、太股から拭ってくれる。

「感じたのか？」

「……それは……」

顔が熱くなり、俯いてしまった。記憶を取り戻したからか、葵は今なら、自分の肉体の機能が嫌というほどわかるのだ。きっと自分は、誰に抱かれても感じる。それが今の葵に与えられた身体なのだ。

「仕方がないことだが、おもしろくないぞ」

耳元で囁いてくる天牙の声が恥ずかしくて、それでもどこか嬉しく感じるのはどういうことなのだろう。

「……悪かったよ。でも、どうしようもないだろ……」

拗《す》ねたように答えると、薫が後孔に指を挿れてきた。いきなり襲ってきた刺激に、思わず声が漏れる。せっかく天牙が立たせてくれているのに、膝が折れそうになった。

「あ、あふっ」

「とりあえず、全部かき出さないとね」

彼の指は葵の内壁を擦り上げ、中の精液をかき出していく。だが、その感覚に葵は我慢できない。

「俺も手伝ってやろう」

「や、ああ……！」

彼らは時間をかけ、念入りに葵の肉洞から男達の精をかき出していく。せっかく男達が気絶しているのに、悠長にしていたらまたいつ気がつくかわからない。そんな思いにはらはらしながらも、葵は肉洞の中で動く二本の指の動きに、イかされてしまうまで翻弄され続けた。

父がいたのは、会社からほど近い場所だった。そこは以前、支店の寮として使われていたところだが、本社への統合などで今は使われなくなって久しい。水回りなど生活に必要な最低限のものはあるが、今はとてもヒトが住んでいるとは思えないほどに薄汚れ、傷んでいた。

建物の入り口にはやはり見張りがいた。天牙と薫は難なくそれらを倒し、鍵を壊して中へと入っていった。

「――――父さん」

「葵か……」

父はだいぶやつれてはいたが、目の力はしっかりとしていた。彼は天牙と薫に、ご苦労だった、と声をかける。

「お前達、葵をよく守ってくれた」

「当然のことですよ博士」

「葵は蒼志と博士の、大事な存在だからね」

彼らの間には、信頼関係があるように見えた。それなのに、実の息子の自分が父を信じられないでいたなんて――――と、葵は少しばかり情けなくなる。

父は葵のほうを見据えると、静かな口調で告げた。

「ここへ来たということは、もうわかっているんだな」

「――――はい」

葵が頷くと、父はそうか、と短く答える。

「さぞ、私を恨んでいるだろうな。――――すまなかった」

葵に向かって頭を下げる父に、思わず驚いてしまう。葵の知る父は、そんなことをする男ではなかった。いつも研究に明け暮れ、葵のことなどまるで考えていないようにも感じていた。

「私は――――蒼志とお前を、一度に失ってしまうことに耐えられなかった。蒼志は、あれの意思でしたことだからまだいい。だがお前は――――」

自分の意思とは無関係に、葵を人間以外のものにしてしまった。父はそのことだけは、ずっと悔やんでいるというのだ。

「事故に遭ったお前の姿を見たときには、ここで諦めるべきだと思ったのだ。けれど、その時、私に悪魔が囁きかけた。ひとつだけ、お前の命を助ける方法があるかもしれないと。放っておけばどのみち私はお前を失ってしまう。それならば、万にひとつの可能性にかけようと……私は――――」

父は頭を抱えるようにして告白する。

「それだけじゃない。お前を失いたくはなかったのは本当だ。しかし、研究者としての欲望もあったことを否定はしない。私は――――一線を越えてしまったのだ」

父は、あの時に様々な葛藤をしたのだろう。父親としての思いと、研究者としての好奇心。それらに苛まれながら、父は禁断の実験に手を染めた。

「深瀬をお前の秘書につけたのは私だ。お前に何か変化があった時に、すぐに知らせるようにと」

葵をBABYの素体としたことは、会社のトップシークレットだった。何しろ、BABYはもともと、BEASTと同じようにプレイロイドの理論で造ろうとしていた。それがいきなり生身の人間をベースにしてできてしまい、ラボにいる研究者は、誰もが葵のことを研究したがった。しかし、父はそれを社長権限で禁止してしまったらしい。

半ば強引ともいえるやり方に、反発する社員もいた。それが今回の騒動のきっかけになってしまったことは否めない、と父は話す。

「だから私は、もう研究をやめることはできないのだ。それがお前に対する償いだと思っている」

そして父は、もうこれ以上葵が実験の犠牲にならないように、研究者達を監視し続け、医局で葵の体調を管理した。自分がプレイロイドであると、葵が疑うことのないように。

「――――」

父には、研究よりも大事なことなどないと思っていた。それなのに、葵のことを実験から遠ざけようとしてくれたというのか。

「だが、それもいつまでも続かなくなった。最初はお前がヒトとして会社で仕事をしているところを観察するだけで満足していた研究者達も、次第にそれ以上のことを知りたがるようになり――このままではお前が切り刻まれてしまうと思い、回収されてきたＢＥＡＳＴを使うことにしたのだ」

研究者達が強引な手を使う前に、父は命令を与えたＢＥＡＳＴと共に、葵を逃がした。

「その様子では、うまくいっているようだな」

「はい」

「もうバッチリ」

どこか得意げに頷く二人をよそに、葵はどこかばつが悪い思いを感じる。それはきっと、後ろめたいせいだろう。

「父さんは……俺と、兄さんのことを……？」

「蒼志が教えてくれたからな。あの時に」

そうか、と葵は納得した。兄は、今際《いまわ》の際《きわ》に父に最後の願いを託したのだ。その結果、天牙と薫が生まれ、そして葵が生まれた。おそらくＢＥＡＳＴ達のことも、父は息子のように思っていたのだろう。

「蒼志がお前を愛していたことについては、私は何も言う権利はないよ。親として与えるべき愛情まで、あいつが与えてくれたのだろう」

「…………」

その言葉に、葵は涙が出そうになる。葵が目線を下げると、両側から肩に手を置かれた。もう、それが誰なのかわかる。

だが、自分はいったい、どの立ち位置で生きていけばいいのだろう。

今までは人間であることを疑ってもみなかった。自分がこれまでプレイロイドの存在をよく思っていなかったのは、ヒトであるという認識があったからだ。彼らは人間から造り出されたもの。いわゆる創造主であり、そこには絶対的な位置づけがある。人間が神と呼ばれているものには、未だに畏怖の感情を覚えるのと一緒だ。

「俺はこれから、いったいどうすればいい？」

唯一のＢＡＢＹとして、プレイロイドの生を歩むべきなのか。それとも今の自分を偽り、人間として生きていくべきなのか。

「少し前までは、俺はプレイロイドのことを下に見ていた。それなのに、自分がその存在だと知ったからといって、掌を返したような態度をとっても、滑稽なだけだろう」

この世界の中で、自分だけが異質なモノであるという感覚。

それは、深瀬達に捕まった時に知らされてから、ずっと感じていたものだった。

「俺は、どう生きればいいですか……？」

「……葵」

震える声で問いかけてきた葵を、父は痛ましそうに見つめる。その表情は途方に暮れ、深い悲しみに満ちていた。

「葵、すまな――」

「――好きに生きればいいんじゃないのか」

ふいに天牙の声が割って入ってきた。葵の視線が吸い寄せられるようにBEAST達に向けられる。

「俺達は、お前がヒトだから惹かれたわけでもない。もちろん、お前がプレイロイドであっても何も変わりはない」

「言っとくけど、蒼志の記憶は関係ないよ。これは俺達の意思」

「……天牙、薫……」

葵は、自分の価値観を粉々に打ち砕いてくれた二人のBEASTを見やった。彼らは葵を日常から引き剥がし、そのプライドを壊し、魂の底に刻みつけられていた感情を揺り動かしてくれた。

葵にはBABYになることで肉体的に蘇ったのかもしれないが、彼らに出会ったことで心が蘇ったのだ。

「ああ……そうだ。私は、少なくともお前には、これからは好きに生きてもらいたいと思う」

「……好きに？」

そう言われても、漠然としすぎて、葵にはよくわからない。好きに生きるとは、どういうことなのだろう。

「とりあえず、会社には戻りたいか？」

父の質問に、葵は少し考えてから頷いた。仕事自体は好きだった。会社勤めは、葵の性に合っていると思う。

「それなら、戻ったらいい。今まで通りに」

「……いいんですか？」

「いいも何も、お前は緋乃インダストリーの副社長だろう」

当たり前のように言われて、葵はハッとなる。そうだった。自分はこの六年、ＢＡＢＹとなって生き長らえてきたが、会社の業務もまた問題なくこなしていたはずだ。だからいつでも戻れる。たとえ自分の出自を知ってしまったとしても。

「……あ、でも」

「何か問題があるのか？」

そう言われて、葵はちらりとＢＥＡＳＴ達のほうを見やった。

「……彼らと、共にいたいです」

まさか葵からそんなことを言うなんて、思ってもみなかったのだろうか。天牙と薫が、同時に息を呑んだような表情をした。

「――天牙、薫」

葵は彼らに呼びかける。

「ずっと俺と一緒に、いてくれるか……？」

答えが来るまでの一瞬の沈黙が、ひどく長い時間のように感じられる。もしも断られたら、一人で生きていくしかない。そんな覚悟すら決めてしまえるほどの、長い一瞬。そうしてそれが、終わる時が来た。

「――そのつもりだったが？」

「当たり前だろ」

まるで当然のように答える彼らに最初は拍子抜けして、それからじわじわとくすぐったいような気持ちが込み上げる。誰かに受け入れてもらえるのがこんなに嬉しいなんて、すっかり忘れていたような気がした。

天牙に薫。彼らは蒼志ではないが、蒼志の記憶を持っている。だからそれを共有していける。それなら、葵は何も失ってはない。葵はもうヒトではないが、そんなことはどうでもいい。生きている。同じ命なのだ。父と兄が言っていたことを、葵は今になってようやっと理解した。

「俺は、今なら父さんの気持ちがわかるような気がする。兄さんのことも」

葵の言葉に、父が顔を上げた。

「切り刻まれるのは嫌だけど――、できるだけ研究に協力してもいいよ。だって必要だろ？　プレイロイドの発展のためには」

「葵……」

こんなふうに、誰かのために、偽でも命が必要なのだ。いや、偽りなんかじゃない。俺はこうしてちゃんと生きている。それに、天牙も、薫も。

「好きだって思う。天牙も、薫も、兄さんも――父さんも」

だから命を紡いでいくのだ。そうしていつか、在るべきところへ還《かえ》れたら。

それは素晴らしいことだと思うのだ。

「――葵」

父は湿った声で葵を呼ぶと、手を握ってきた。その手を握り返し、葵はいつまでも、震える父の肩を見つめていた。

「――そろそろお時間です、副社長」

「ああ、わかった。次はなんだっけ？」

「A製薬会社との専務とのお食事です」

　葵はデスクから立ち上がり、フロアを悠々と歩いていった。その後ろには、隙なくスーツを着こなした二人の秘書が付き従っている。

　そんな彼らを目にして、若い女性社員達が顔を付き合わせて噂をしていた。

「――ね、副社長、あんな素敵な秘書連れて急に復帰してきたけど、いったいどうしてたの？」

「さあ、何か、体調崩してたみたいなこと聞いたけど」

「そうなんだ。ラボにいる人達もけっこう入れ替わりあったみたいだし、なんかあったのかしらね」

「社長が変わり者だからね。嫌になっちゃったんじゃないの？」

「言えてる」

　噂話に花を咲かせている社員達の声を聞きながら、葵は小さく微笑んだ。

最近はもう、『氷の花』と呼ばれることはなくなったらしい。
その氷は、もう溶けてしまったのだから。

アフターファイブ

「会社勤めっていうのも、なかなかおもしろいよな」

今日の仕事を終えて、三人して住み家へと帰ってくる。会社から車で十五分ほどのマンションの最上階。それが今の葵《あおい》達の家だ。

「これまではマスターのベッドに行く以外はぐうたらしていたからな」

薫《かおる》と天牙《てんが》がそれぞれに『会社員』としての感想を漏らすのを聞いて、葵は小さく笑いながら上着を脱いで着替えた。

深瀬《ふかせ》の代わりとして、またボディガードとして秘書の仕事についたBEAST《ビースト》達だったが、その実務も隙のない仕事ぶりだった。BEAST達は秘密裏に取引されていたので、彼らの姿を知る者は少ない。だから他の社員達も、急遽《きゅうきょ》辞めた深瀬の代わりに、葵がどこかから引っ張ってきた人間だと思っているのだ。

「それにしても、この間非常階段で、また女性社員が泣いていたぞ。あれはどっちの仕業だ?」

腰に両手を当てた葵が、BEAST達に問いただす。すると彼は、きょとん、とした目で葵を見返した。

「いや、心当たりがないが」

「俺達別に悪さしてないよ」

「そんなのわかっている。別にお前達がセクハラをしたとかそういうことを言っているわけじゃない。ここ最近、告白を受けたろう？」

「……ああ、それは俺だ」

やっと得心した、というように、天牙が頷く。

「付き合ってくれとか言われたが、それは無理だと断った。当然だろう。俺達には葵がいるんだから」

「いっぺん抱いてやったら諦めるんじゃないの？」

呑気な薫の声に、天牙の男らしい眉根が寄せられた。

「馬鹿言え。お前だってわかってるだろう。俺達がヒトの女を抱いたら、どうなるか」

「けどBEASTを相手にしようなんていう好き者の女でないなら、逆にドン引きされないかな」

「ちょっと待て薫。お前まさかそんなことしていないだろうな」

慌てて問いただした葵に、薫は心外そうな目を向ける。

「ひでえなあ。してないよ？　ちゃんと片っ端から断ってるって」

「ならいいんだ。引き続きそういう方針でいてくれ」

秘書としても思いの外有能な彼らであったが、ひとつだけ頭の痛いことがあった。業務上で彼らと接する女性社員の多くが、ＢＥＡＳＴの魅力にやられてしまい、惚《ほ》れられてしまうという案件が多発しているのだ。しかも優秀で真面目な彼女達は、何か協定でも結んでいるのか、みんな馬鹿正直に告白してくる。そして当然ながらことごとく玉砕し、非常階段で涙を流すという事態に陥るのだ。

「心配しなくとも、もう少し立てば落ち着くと思うが。今はまだ俺達がめずらしいだけだろう」

異性から欲望の眼差しで見られることに慣れきっている天牙はそんなふうに言うが、副社長という地位にいる葵は気がかりでならない。

「善良な彼女達が、お前達の毒牙にかかったりしたら大変だからな」

「ていうか、理由それだけ？」

「……何がだ？」

にやにやした笑いを浮かべながら聞いてくる薫に、葵は首を傾げた。

「女の子にモテまくる俺達を見て、なんかおもしろくないとか、そういう感じじゃないのかなって思ってさ」

嫉妬しているのでは、と指摘されて、葵は言葉に詰まる。それを考えた時、自分の中に確かに思い当たる感情に気づいて、うろたえ、恥ずかしくなって、頬を朱に染めた。

「そ……れは」

「可愛い――――！　気がつかなかったんだ!?」

「う……うるさい！」

からかわれて、つい声を荒げてしまう。

「俺のことはどうでもいい！　とにかく、これ以上社の風紀を乱さないように――――」

言い終わらないうちに、葵は腕を引っ張られて、ソファの上に座る彼らに抱き留められてしまった。

「どうでもよくないだろう、葵？」

天牙の整った顔が間近に迫り、息が止まりそうになる。

「やきもちを焼かれるのはやぶさかではないが、心配しなくてもいい。俺は今やお前しか考えられないし、お前以外を抱いても多分それほど楽しくはない」

甘く口説いてくる。天牙の深く低い声。葵の身体から条件反射のように力が抜けていった。

すると次には、背後からするりと腰を抱かれて、悪戯《いたずら》っぽい声が耳元に聞こえてくる。

「葵ほど可愛い子なんかいやしないって、自覚ある？　そういうとこ、ほんと、たまんないんだけど」

薫の声に、背筋にぞくぞくと愉悦の波が走った。続いて覚えのある熱さが腰の奥に灯って、それはじわじわと下半身を炙ってくる。

「また……そういう、ことを……っ」

言っている間にも身体中に這わせられる彼らの手に、声が上擦り始めた。こうなってしまうと、もう葵は彼らの思いのままだ。

「わからないなら思い知らせてやろうか。何度でも」

「ンン――――…」

天牙に口づけられ、深く舌を絡められる。もうそれだけで頭の中が真っ白になってしまった。後ろから薫の手で、服の上から脚の間をまさぐられて、刺激にたまらなくなった腰が揺れる。

「ふ――――ン……っ、んんっ、んぅ」

もうすっかり興奮に支配されてしまって、葵は天牙と舌を絡ませながら脚の間を薫に愛撫されていた。薫の手が衣服の中に這入り、下着の中に忍び込んで、勃ち上がったものに指を絡められてしまう。

「ああっ…ああっ」

「相変わらず敏感だね」

「お前ほどいやらしい奴は見たことがないぞ」

葵は『BEAST』と対をなす『BABY《ベビー》』だ。抱かれるための肉体。葵はその身体を与えられ、死の淵《ふち》から蘇った。

彼らに初めて抱かれて以来、葵の身体は男に抱いてもらわねば熱い火照りが鎮まらないようになってしまっている。

「ここ、さ。ちょっと刺激だけで、もうビンビンになってるよ。先っぽが濡れて、エッチな汁がいっぱい溢れてる……」

「やあ、あっあっ」

薫に卑猥な言葉で煽られて、肉体の芯が焦げそうに熱くなる。葵のそこは実際に硬く張りつめ、苦しそうに屹立しながら愛液を滴らせていた。薫が指を動かす度に、くちゅくちゅと淫靡《いんび》な音が漏れる。快感に腰骨が痺れて、両脚がぶるぶると震えた。

「じゃあ、俺は後ろを可愛がってやるか」

「あっ……！」

前から葵の身体を支えていた天牙が、その手を葵の脚の間から差し込んで、双丘をまさぐってくる。そして最奥でひくつく後孔を弄んで、つぷりと肉環の中に指を挿入させてきた。

「あうぅ――――」

入り口をこじ開けられる感覚がたまらない。葵は恍惚とした色を表情に乗せ、舌先で唇を湿らせた。前後を同時に責められる快感に、上半身が狂おしくうねる。

「く、ふ……っ、ああっ、や、気持ち、いぃ……っ」

「素直だな、いい子だ」

天牙の手で、くしゃくしゃと髪を撫でられた。それが嬉しくて、目の前の彼に思わず抱きつく。もう一度口づけを交わしていると、背後の薫が不満げに唸《うな》った。

「俺のことも構ってくれよ、葵」

「ん……」

どこか子供っぽい要求にも、葵は応える。すべての欲求を受け入れるのがBABYだからだ。

背後の薫の頭を片腕で抱き、振り返って彼と舌を絡ませる。

「……っは、あ、ふ…っ」

くちゅくちゅと音を立てながら淫らな口づけを交わしていると、天牙が葵のシャツのボタンを外してきて、空いている手で乳首を弄んできた。胸の先からも、甘く毒のような快感が体内に送り込まれる。

「…ん、ああんん……っ」

背中を反らせ、葵は悶える。頭の中はいやらしいことでいっぱいだった。もっと卑猥なことをして欲しい。いじめて、感じさせて、数え切れないほどにイかせて欲しい――。そしてそんな淫らな欲求を、彼らはすべて叶えてくれる。

「あ、あっあ――…っ、い、イくっ、あぁ……っ」

前を擦られ、後ろを穿《うが》たれて、体内から官能の熱い波が込み上げてきた。葵はそれに耐えることができない。身体中を愛撫されたままで、腰をがくがくと痙攣させ、深い絶頂に達した。

「んんん、ああぁ――…っ」

頭が真っ白になるほどの法悦。幾度味わっても慣れることがなく、葵はその快感に理性を壊される。

薫の手の中で白蜜が弾け、それは指の間から滴り落ちていった。

「いつもながらいやらしい眺めだな」

「……っは、ぁ……っ」

絶頂の余韻に震える間もなく、後ろから天牙の指が引き抜かれる。もう何度も抱かれているので、次に行われることを葵は気配で感じていた。背後から薫に脚を抱え上げられ、天牙が解した後孔に男根の先端が押し当てられる。

「今日は特別可愛かったから……ご褒美あげるね」

「え……あ、ああんう……っ！」

すでに欲しがっていた場所に凶器がねじ込まれた。それが内壁をかき分けて奥へと進んでいく感覚に全身が総毛立つ。体内を満たされる感覚。充溢感に、自然と涙が溢れ出てきた。

「あっ、あっ、あふっ、うっ」

入り口から奥までをまんべんなく擦られて、身体中が痺れる。その様子を、目の前の天牙にすべて見られてもいた。

恥ずかしい。けれどももっと見て欲しい。

彼には葵が隠したいと思っていることは、おそらく全部見られてしまっている。そして今の葵を満たしてくれるのも、きっとこの男達しかいないだろう。

「……っ天牙、も、きて……っ」

薫に貫かれたままで、葵は両手を伸ばす。天牙は一瞬驚いた顔をしながらも、すぐにその手をとった。

「いいのか？」

「んっ、んうっ、二人に、挿れてほし……っ」

ＢＥＡＳＴである彼らを同時に受け入れるのは、さすがの葵も少々骨の折れる行為だった。だが、すべての欲求を受け入れる肉体を持つのなら、自分がすべてを求めてもいいだろう。彼らに好きに生きろと言われたから、葵は少しだけ欲張りになることに決めたのだ。

「……たくさん食べたいんだね。ふふ、いいよ」

薫がそう言うと、天牙は自らの凶器を取り出し、その先端をすでに塞がっているそこに押しつけた。

「ん、う」

凄まじい圧迫感。けれどそれは、無理やり同じ場所にねじ込まれていく。

「あああああ────……っ」

背骨が砕けるような、息の根を止められるような快感に身体中を揺さぶられた。逞しい二本の男根でいっぱいになった肉洞が、悶えるようにひくひくと蠢いている。やがてそれぞれに律動が始まると、葵はわけがわからなくなった。

「んんあ、あ、ひぃんん――――…っ」

感じやすい媚肉をめちゃくちゃに擦られ、かき回される快感。頭の中では、白い閃光がめちゃくちゃな点滅を繰り返していた。強張った下腹から火照った内腿までが不規則な痙攣を繰り返し、自分の肉体が凄まじい快楽に侵されていることがわかる。

「んう、ぅううう――――…っ」

腹につきそうなくらいに反り返っていた自身のものが、わななきながらびゅくびゅくと白蜜を噴き上げた。精路をもの凄い勢いで蜜が駆け抜けていく感覚も、腰が抜けそうなほどに気持ちがいい。

「相変わらず、いやらしいイきっぷりだな」

「まだたくさん虐めてあげるから、愉しみにしてなよ」

「あぁぁあっ……！　ああっ…！」

たとえ葵が達しても、彼らの抽挿は止むことがない。余韻にじんじんとうねる肉洞の中で、二本の凶悪な男根はお構いなしに暴れ回った。

「……あぁ――――…っ」

葵の口の端から唾液が零れる。すると天牙の手に後頭部を掴まれ、滴る唾液を舌先が舐めていった。そのまま深く口づけされると、息が止まりそうになる。それでも葵は天牙の肉厚の舌を受け入れ、口腔を舐め回される感覚に恍惚となった。

舌が絡まるたびに、くちゅくちゅと音がする。媚薬の口づけを受けて、葵の身体は何度でも高まっていった。

「ん、ふ……ふぅう……」

「葵、本気で抱くからな……。お前が欲しい。お前だけが欲しいんだ」

「ああ……、天牙…っ、俺も……、俺も、欲し……っ」

愛される悦びで涙が零れる。もう自分はヒトではないとしても、この感情は葵自身のものだ。それは葵が否定しない限り本物になる。葵は肉洞でいっぱいになっている彼らのものを、愛おしげに締めつけた。目の前の天牙が、切なそうに眉を顰める。

「終わった？　――――俺にも、してよ。可愛い葵」

息を弾ませながら、薫が背後から葵の顎を捕らえた。ぐい、と後ろを向かされ、噛みつくように口づけられる。

「はっ、んん…んんっ」

葵は淫らに喘ぎながら、薫の攻撃的な舌も従順に受け入れた。上顎の裏を舌先でくすぐられて、全身がぞくぞくと震える。

「ふ……、キスだけでイきそうだね」

「ああ……だって……、気持ちいいから……」

葵は瞳いっぱいに涙をため、薫を見つめて途切れ途切れに答えた。

「そんな素直で可愛いこと言っていると、俺達にどうされても知らないよ」

　下肢は緩く揺らされていて、時々彼らのものの先端がひどく弱い部分を掠めてくる。その度に啜り泣くように悶えながら、葵は身体中を炙ってくる快感を噛みしめていた。

「あ、あ、いい……っ、薫と、天牙なら……っ」

　許されるなら、このままずっと繋がっていたい。彼らになら、どんなに泣かされても、虐められても、嬉しいと思える。何もかも、すべて預けてしまえると思った相手。

「……言ったな」

　天牙が自分の唇を舐め、葵の奥を小刻みについてくる。びりびりとした快感が背筋から脳天へと突き抜けてきた。

「ア、あぁぁあぁぁあ」

「ほら、もっと奥までいくよ――――…」

　天牙の動きに合わせ、薫も律動を速くしてくる。

「んっ、ひっ！」

　これ以上は無理だというぎりぎりまで犯され、擦られて、脳の神経が灼きされそうになった。下半身はすでに自分のものではないみたいなのに、感覚だけが深くなっている。

「あ、あぁあ、そこ、あ、ア、そこ、そこすき……っ」

「ここが気持ちいいのか？」

「あっ、あんっ、んっ」

問われるままに、葵はがくがくと頷いた。彼らのものが最奥を抉って来る度に、死にそうな快感が襲ってくる。愉悦の核の部分を凶器の先でごりごりと捏ねられ、下腹の奥が熱くうねった。

「もっとぐりぐりして欲しい？」

薫が背後から優しく囁く。彼の指は葵の股間のものに絡みつき、そこへも刺激を与えていた。これ以上感じさせられたら、おかしくなってしまうかもしれない。それでも、葵はそれを求めていた。彼らがもたらしてくれるものなら、すべて味わいたい。すべて。

「あっあっ、し、て……っ、もっと、ぐりぐり、してくれ……っ」

泣きながらねだった時、天牙が耐えかねたような大きな息をついた。

「しょうのない奴だ――――。こうか？」

「――――～～っ！」

内奥でごり、と何かが捏ねられ、その瞬間に声も出せない快楽に呑み込まれる。そうして彼らは容赦のない優しさで、葵の一番我慢ならない場所を虐め続けた。

「あ、ア、あ！　いっイく、……あうぅうっ、そこ、すご…っ、あっ、いく――――…っ」

自分でもわからないようないやらしい言葉を垂れ流しながら、葵は何度も何度も絶頂を極める。そのうち、今が達しているのかそうでないのかわからないようになり、天牙に乳首を舐められて泣き喚く。

けれど葵は壊れたりはしない。それだけで、この身体になってよかったと思うのだ。
だって彼らとは、また最初から何度も愛し合いたいからだ。

「――――葵、大丈夫か?」

頬を長い指で撫でられて、その柔らかい感触に葵は目を開ける。目の前にはやっぱり彼らがいて、葵を覗き込んでいた。どうやらあのまま意識を完全に飛ばしてしまったらしい。ソファに横たわったままだったが、身体はあらかた綺麗に拭われていて、少なくとも見た感じでは激しい情交の痕は薄まっている。

「正気だな?」

「……多分」

「ならいい。水飲むか?」

答えた声が掠れていて、天牙は用意していたらしいそれを葵の口元まで近づけた。グラスから水を飲まされ、さんざん喘いで乾いた喉が潤っていく。

「……ありがとう、天牙」

「おやすい御用だ」

男らしく整った顔立ちに、優しい笑みが浮かんだ。こんなふうにされると、大事にされているのだということを感じられて、葵の胸の奥がほんのりと温かくなる。多分こういうのを、幸せというのだ。

「葵、起きた？　腹減ってない？」

するとキッチンのほうから薫がやってきた。彼はソファに横たわる葵に近づくと、すとんと床に膝をつく。その足取りの軽さは、まるで素早い狐か何かのようだ。彼らだって、あれだけ激しいセックスを繰り広げていたのに。

「そう言えば、腹が減った」

気がつくと、キッチンから香ばしい匂いが漂ってくる。

「何か用意してたのか？」

天牙の手を借りながら身体を起こすと、薫がソファの背にかけてあったシャツをかけてくれる。それに袖を通しながら、至れり尽くせりだな、とちらりと思った。

「牛肉と野菜の煮込みがあったから、火通してきた。こないだスーパーで買ってきたやつ」

大型のスーパーでは加熱するだけで食べられる料理がいくつも売っている。彼らと一緒に日用品と食料を買いにいった時、薫はそれらを喜んで買いだめていた。

天牙と薫は、他の所有者のところにいた時には、今のような普通のヒトのような生活を送ってはこなかったらしい。

「俺らは生きた大人のオモチャ扱いされることがほとんどだったし。そういうのって、普通人前には出さないだろ」

特に自嘲するでもなく、薫はそんなふうに言う。天牙も同様らしく、彼らはそれを当然のように受け止めていた。

葵はそんな彼らを見た時、なんだかたまらなくなるのを感じた。自分だって厳密にはもうヒトではない。葵はたまたまそれを知らされず、ヒトと同じように生きてこられた。

「どうしたの？　葵」

ふいに黙り込んでしまった葵を、薫が覗き込む。天牙も気づいて、前髪をかき上げてくれた。

「自分が傲慢だと思ったんだ」

唐突にそんなことを告げる葵に、彼らは無言で促す。

「俺がお前達に同情するなんて、思い上がりもいいところだ。俺は何も知らずにヒトのように生きてきたのに、それが叶わなかったお前達を可哀想だと思うなんて」

「心を痛めてくれたんだろう？」

天牙の声に、葵は彼に視線を移した。

「何も悪くない。お前がそんなふうに俺達のことを思ってくれたのなら、むしろ嬉しいくらいだ」

「天牙」

「俺は傲慢な葵も好きだけどね。つんとしてる葵ってすげえそそる」

「……薫、そういう話じゃ」

「そういうお前がセックスの時にグズグスになって泣いているとたまらないな。頭の回路がショートするみたいに興奮する」

「それそれ！」

「……っお、前達！」

せっかく人が殊勝になって反省したというのに、彼らはそんなことを言う。葵が憤慨すると、天牙が葵の口の端に音を立ててキスしてきた。

「お前は俺達に、色んなことを教えてくれる。そのすべてが、俺達に——俺にとっては楽しい」

「ああくそ、先に言われた。ずりいよ天牙」

「お前こそ、いつもおいしいところを持っていこうとするだろうが」

「えーそうかなあ」

「そうだ」

「ま、いいや。好きだよ葵。ずっと一緒にいようね」

葵の隣に座った薫に、ちゅっ、と音を立ててキスされる。

一緒にいる。

すでにヒトではない自分と、元からヒトとは違う命を持った彼らとが、いったいどれだけ共に過ごせるのかはわからない。

けれどそれは、どんな命だって同じことだ。

「ああ、ずっと一緒にいる。天牙と、薫と」

葵は一言一言、しっかりと噛みしめるように言うと、最初に天牙と、次に薫と口づけを交わした。そうして改めて二人の顔を見ると、なんだか気恥ずかしいような気がして肩を竦める。

そんな葵を、彼らはまた可愛いといってじゃれついてきた。

「こ——こら、もう、きりがない……！」

それでも本気で拒めないあたり、自分もたいがい弱いと思う。どこまでも受け入れるBABYの肉体が、忍び寄る刺激をまた喰らおうとして膝が緩む。

結局また好き放題に愛撫されてしまった葵は、ソファの上でまたBEASTによってイかされてしまい、料理を温め直すことになってしまった。


——その夜、葵は夢を見た。

自分と天牙と薫と、そして蒼志が会社で働いている夢だ。もちろんラボには父もいた。

葵は副社長室でBEAST達と働き、ランチを持って蒼志と父のいるラボに足を向ける。研究に夢中になって昼食をとりそびれそうになる二人を無理やり誘って、五人で食事を取るのだ。ラボの冷蔵庫には、兄が買っておいてくれたいちごポップがある。

「――安心したよ」

夢の中の兄がそんなふうに言った。

葵はなんとなく、もうこれで兄の夢を見るのは最後だろうな、と感じた。彼の魂は、もう葵の側にいる。だからこんなふうに、夢で会う必要はないのだ。

少し寂しかったが、お別れというわけではない。蒼志の記憶は、今も葵と共にあるからだ。

天牙と薫に視線を移すと、彼らは葵を見つめ返し、優しく笑っていた。

だから葵も、彼らに笑いかけた。

「――こうして改めてここに来ると、なんだか変な感じがするな」

「そうですね」

葵は父と共に蒼志の墓の前に立っていた。手には大きな百合の花束を抱えている。甘い香りが辺りに漂っていた。

前回ここへ来た時には冷たい雨が降っていたが、今日の空は抜けるように青かった。ところどころに、綿菓子のような白い雲が浮かんでいる。

「あいつらはどうしたんだ」

「遠慮したようです。親子で行って来いと」

「一丁前に、気を回しているのか」

父の軽口に、葵も小さく笑った。そもそも彼らも蒼志の一部だというのに、奇妙な話でもある。けれどそれは、『自分達は蒼志とは違う存在だ』と言っているのだろう。矛盾しているようだが、葵にもそれはわかる。彼らの中には確かに兄の存在を感じるが、彼らは兄ではない。

葵は百合の花束を墓前に添え、父と並んで祈りを捧げた。

――ありがとう、兄さん。

今の葵の中には、ただ兄への感謝の想いだけがある。

「身体は平気か、葵」

「はい」

父の声は、バイオロイドとなった葵が義体として異常がないか確認する研究者というよりも、一人の父親として息子を案じているようにも聞こえた。と言ったら調子がいいだろうか。

「その――――仲良くやっているのか。彼らとは」

「ええ」

どこか言いづらそうな父の様子に、思わずおかしくなってしまう。葵に笑われ、父は「それならいい」と言葉を濁した。

「そろそろ戻りますか」

「そうだな。――――ああ、私は寄るところがあるから一人で大丈夫だ」

「え、でも」

「待っているんだろう」

そう言われて、葵は虚を突かれる。けれどもすぐに微笑み、はい、と頷いた。

「そのうち、皆で食事でもしよう」

「愉しみにしています」

父は頷くと、そのまま踵を返して立ち去っていく。

葵はもう一度だけ兄の墓前に向き直ると、深く一礼をして背を向けた。

参道を歩き、車が止めてある場所まで戻ると、そこにいる二人の男達を見つけた。

「葵！」

薫に呼ばれ、軽く手を上げる。自然と早足になる足は、真っ直ぐに彼らの元へと向かっていく。

生きていくのだ。こうして。

青い空の高い場所で、鳶が大きな曲線を描いて飛んでいった。

あとがき

こんにちは、西野です。今回は「双獣姦獄」を読んでいただいてありがとうございました！

しかしめっちゃアレなタイトルですね……。今回のタイトルは担当さんがつけてくださいました。私はなんか気取った横文字のタイトルをつけていたんですが、こっちのほうが全然いいです。ワイルドでエロい感じがする。

「攻めがセクサロイド」という話はけっこう前から考えていて、その際、体液が媚薬設定というのはやっぱり外せないだろうなあと思っていました。こういうセックスに特化した攻めが相手だと、受けさんはやっぱり高慢な気の強い子がいいですよね。ただし私の書く受けなので、快楽にはめっちゃ弱いです。即堕ちです。でも彼の場合仕方ないですよね！（あとがきから読む人もいるので、一応伏せておきます）

挿絵を引き受けて下さった石田要先生、どうもありがとうございました！　以前マッチングしていただいたんですが、その時はタイミングが悪く流れてしまったのでいつかきっと…！と思っていましたので、今回ようやくお仕事ご一緒できて嬉しいです！

とんでもなくセクシーでワイルドなビースト達と、美しくも不安定な葵のキャラデザはものの凄くハマっていたと思います！　口絵のカラーをいただいた時も、「これ、修正前の絵が見たいんですけど」と言って担当さんに笑われてしまった私はアホですね……。

石田先生の絵のあまりの迫力に、「どうですか。確認しました？」と言われて「めっちゃ汁気すごいです」と言ってしまいましたし、なんか残念な感じの作家ですが、この話に石田先生の絵がついて本当によかったと思っています。

担当様も今回またしてもご迷惑をおかけしてしまいまして、申し訳ありませんでした。いつも迅速にご対応くださり、感謝しております。今後もお見捨てなきようお願いできたら嬉しいです。

そして、今年はめでたく私のデビュー十周年となり、この本が発売される時にはもう終わっていますが、書店さんで大々的にフェアを組んだりもしていただきました。もちろんダリアさんにも協力していただき、その節は本当にありがとうございました。色々と状況も変化しておりますので、危機感も感じてはおりますが、今後もできるだけ長くこの仕事を続けていきたいと思っております。そのためにはやはり皆さんに読んでもらわないといけませんので、気を引き締めてがんばります！

九月になると、厳しい夏ももうすぐ終わりかなという感じです。九月は十六年連れ添った愛猫が亡くなった月ですので、私にとっては少し物悲しい季節です。（この時も、担当さんには悼んでいただきました。本当にありがとうございました。嬉しかったです）とりま残された人間は生きていかねば。

だが今現在は外に出ると暑い！　夏のイベントなどは体力的に年々厳しくなっていっている

感じですが、やれるうちはやりたい……。というか、やりたいことはどんどんやっていきたいです。時間の捻出が問題ですが。冬が好きなので、早く寒くならないかなー。フットワーク軽く生きていきたいです。

それでは、またお会いできましたら嬉しいです。

西野花

【ブログ】http://blog.livedoor.jp/nishinohana/
【Twitter】@hana_nishino

BABY
美人でHな受
大好きです♡

初出一覧

ダリア文庫をお買い上げいただきましてありがとうございます。
この本を読んでのご意見・ご感想・ファンレターをお待ちしております。

〒170-0013 東京都豊島区東池袋3-22-17　東池袋セントラルプレイス5F
(株)フロンティアワークス　ダリア編集部
感想係、または「西野 花先生」「石田 要先生」係

この本の
アンケートは
コチラ！

http://www.fwinc.jp/daria/enq/
※アクセスの際にはパケット通信料が発生致します。

双獣姦獄

2017年9月20日　第一刷発行

著　者
西野 花

発行者
辻 政英
発行所
株式会社フロンティアワークス
〒170-0013 東京都豊島区東池袋3-22-17
東池袋セントラルプレイス5F
営業　TEL 03-5957-1030
編集　TEL 03-5957-1044
http://www.fwinc.jp/daria/
印刷所
中央精版印刷株式会社